「だ、大事な人ですか？」

「そうです。一緒にいて楽しい人が大事だと思わないわけがないじゃないですか！」

斎藤がどれだけいい奴かを伝えるため、真っ直ぐに柊さんの目を見ると、視線を左右に揺らしほんのりと頬を朱に染めて俯いてしまった。
一体どうしたのだろうか？

俺は知らないうちに学校一の美少女を口説いていたらしい

～バイト先の相談相手に俺の想い人の話をすると彼女はなぜか照れ始める～

一ノ瀬 和樹
[KAZUKI ICHINOSE]

嫌な予感がした。俺は知っている。
こいつがこの表情を浮かべた時は
大抵ロクなことを言わないのだ。

「湊、変装しようよ！」

「お、おう？」

急に訳分からない提案をし始めたことに、
オットセイの返事しか出来なかった。

田中 湊（学校時）
[MINATO TANAKA]

「初めまして、柊玲奈です。よろしくお願いします」
「えっと、よろしくお願いします」
田中 湊（バイト時）
[MINATO TANAKA]
柊 玲奈
[RENA HIIRAGI]
田中
柊

彼からの返信に嬉しすぎて、スマホを持ったままついベッドに飛び込む。バタバタと足をバタつかせながらもう一度画面を確認する。

俺は知らないうちに学校一の美少女を口説いていたらしい 1

～バイト先の相談相手に俺の想い人の話をすると彼女はなぜか照れ始める～

午前の緑茶

HJ文庫
944

口絵・本文イラスト　葛坊煽

Ore ha Siranaiuchi ni
Gakkou Ichi no Bishoujo wo
Kudoite ita rasii

プロローグ　バイト先の彼女との日常

突然だが、信頼できる相談相手が周りにいるだろうか？　親でも兄弟でも友達でも誰でもいい。たった一人でも構わない。もしいるなら絶対大事にしたほうがいい。そんな人は滅多に出会えるものではないのだから。中にはそんな人がいないという人も多いだろう。ありがたいことに、俺、田中湊には一人、そんな信頼できる相談相手がいる。

バイト終わり、更衣室前で一人の女の子に話しかけた。

「柊さん、相談があるんですけど少しいいですか？」

「はい、いいですよ」

あっさりと慣れたように快く頷いてくれる彼女。俺の信頼できる相談相手が、今、目の前にいる柊玲奈さんだ。

「今回は何があったんですか？」

「ほんと、いつもすみません。実は例の彼女と最近よく一緒にいるんですが、どう対応したらいいのか分からなくて」

例の彼女というのは、最近よく学校でお世話になっている俺の友達の斎藤玲奈という人だ。なんだかんだ話す関係になり、最近ではよく一緒にいるのだが、どうにも話す話題が見つからない。

「どう対応するとは？」

「元々そこまでたくさん話す仲ではないので、一緒にいてもあまり話さないんですよ。別に俺はそれでも居心地がいいので話さないままでもいいかなって思うんですけど、やっぱり何か話題を出した方がいいですよね？」

「え、一緒にいて居心地がいいんですか？」

「そりゃあ、まあ、そうですね。一緒にいるだけで気が休まりますし、穏やかな気分になれますから。最近は彼女と一緒にいる時が一番寛げている気もしますね」

「そうですか」

俺の言葉になぜか、ふふん、と満足そうに柊さんは微笑む。心なしか表情が緩んでいるように見える。

「きっとあなたが一緒にいるのが落ち着くと感じているように、向こうもそう感じていると思いますよ。そもそも沈黙が苦になるような人とは一緒にいようと思わないでしょう？」

「確かに……そうですね」

「はい、だからそこまで気にする必要はないと思います」

「分かりました。ありがとうございます」

柊さんに言われて納得する。確かに俺が気にしすぎていたのかもしれない。少なくとも一緒にいようと思ってくれているのだから、そこまで気を遣わなくてもいいのだろう。抱えていた悩みはあっさりと解消され、晴れ晴れしくスッキリした気分になる。

今度は柊さんが何か気になるようで、控えめな声で上目遣いに尋ねてきた。

「……前から思っていたのですが、話を聞く感じ、その彼女さんはあまり話さないし、そこまで愛想がいい人ではないみたいですが、その辺りは嫌にならないんですか？」

「は？　嫌になるわけないじゃないですか。彼女のことを嫌になることなんて絶対ないです」

彼女はあれでもお世話になっている大切な人だ。きっちり否定したくて、つい強い口調になってしまう。

俺の言葉に柊さんはびっくりしたように瞳を丸くして固まった。

「あ、すみません。熱くなって。確かに彼女は愛想悪いですし、普段は素っ気ないですよ。でも本当は彼女は優しい人なんです。それを周りに伝えるのが下手なだけで、本当はいい奴(やつ)なんです。何かあると心配してきますし、困った時は助けてもくれますし」

　つい熱くなって饒舌(じょうぜつ)に語ってしまう。

　柊さんはなぜか居心地が悪そうにもじもじと身体(からだ)を動かし、少しだけ声を上擦(うわず)らせた。

「へ、へぇ」

「ほんといつも彼女にはお世話になってますから、俺にとって彼女はもう大事な人です。だから今更嫌(いまさらいや)になることなんてないです」

「だ、大事な人ですか？」

「そうです。大事な人です。とてもお世話になっているんですから。そのうえ一緒にいて楽しい人が大事だと思わないわけがないじゃないですか」

「そ、そうですか……」

　斎藤がどれだけいい奴かを伝えるため、真(ま)っ直(す)ぐに柊さんの目を見ると、視線を左右に揺(ゆ)らしほんのりと頰(ほお)を朱(しゅ)に染めて俯(うつむ)いてしまった。一体どうしたのだろうか？

「あの……どうしました？」

「な、なんでもないです。あなたが彼女のことを大切に思っているのはよく分かりました」

　コホンッと咳払(せきばら)いをして、顔を上げる。一応話を仕切り直したつもりなのだろうが、未(いま)だに頰は色付いたままだ。

「なんか知らない人なのに熱く語ってすみません。ただ、何も知らないのに決めつけて欲しくなかったといいますか。彼女の周りの人はあまり彼女の中身を見ようとしないので、いつもせめて自分だけはちゃんと中身を見て接しようと思っているんですよ。だから、あまり知らないのに悪く言われるのは許せなくて」

「い、いいえ、それは大事なことだと思いますし、いいと思いますよ」

やはりなぜか柊さんは頬をまた茜色に染めて、きゅぅっと手に持つバッグの紐を握りしめた。

「相談に乗ってくださってありがとうございました。柊さんと話して改めて彼女のことをどう思っているか再認識しましたし、とりあえずは今のままでゆっくりといきたいと思います」

「それがいいと思いますよ。力になれたなら良かったです。また困った時は相談してください」

「はい、その時はまたお願いします」

ぺこりと頭を下げて別れた。

斎藤side

（はぁ、ほんと心臓に悪い……）

バイト先の彼、田中湊くんと別れ、着替えを終えた帰り道、篭もった頬の熱を逃がすようにそっと息を吐く。だけど未だにドキドキと心臓がいつもより早く脈打ち続ける。

まさか、彼が一緒にいることを悩んでいるとは思わなかった。学校でそんな態度はほとんど感じなかったし、彼が私に気を遣うようなことなんてないだろうと勝手に思っていたので少しだけ意外。でもきっとそれは、彼が私のことを親しい友人として思ってくれている証だと思う。一緒にいて居心地がいいと言ってくれたし、嬉しくてつい笑みが溢れでる。

それにしても、つい彼が私のことをどう思ってるか気になって尋ねてしまったけれど、あんなに真剣に答えてくれるとは思ってもいなかった。

『彼女はもう大事な人です』

彼にさっき言われたことを思い出して、かぁっと顔が熱くなる。まったく、面と向かってあんなこと言われたら照れるに決まってるじゃないか。

大事な人って。そんなのずるい。不意打ちでそういうことばっかり言うからこっちは意識しちゃう。彼からしたらただ本音を言っているだけで、そんな特別な意味を含んでいるわけではないのは分かっている。けれど、少なくとも友人と思っている人にそんなこと言われれば落ち着いていられるはずがない。

「はぁ……」

もう何度も相談を受けているけれど、未だに全然慣れない。彼からしたら真面目に相談してくれているのは分かっている。でも、それとこれは別。毎回、こんなの聞かされる私の身にもなってほしい。

まあ、私が正体を打ち明けていないのも原因ではあるのだけれど。でも、打ち明けるわけにもいかないし……。

もちろん、勝手に本音を聞いていることには罪悪感がある。でも私には正体を隠している事情があるので打ち明けるわけにはいかない。

つい今回は、彼がどう思っているか少し不安で聞いてしまった。結果としては、彼は彼らしくてまた見直すことになった。

『自分だけはちゃんと中身を見て接しようと思っているんです』

ほんとうに、彼は私が欲しい言葉をくれる人だ。人は中身が大事だと言うけれど、実際に中身だけを見て接してくれる人はそこまでいない。肩書き(かたが)や見た目、立場なんかを意識して話す人が多い。

そんな中できちんと他人にそう言い切れる彼は、私のことを見てくれているのだと実感できる。

それがたまらなく嬉しくて、気付けば鼻歌を歌っていた。普段より少しだけ夜道が楽しく、心なしか明るく輝(かがや)いて見える。

それにしてもまさか彼とこんな相談関係になるなんて。全然彼は私の正体に気付いていないみたいだし困った。こちらから打ち明けるわけにもいかないし、当分はこの関係は続いていくだろう。

まったく、どんな偶然(ぐうぜん)。なんでこんなことになったのかというとそれは彼がバイト先に入ってきた時まで遡(さかのぼ)る。

だんだんと肌寒くなりつつある9月の下旬。風が吹き抜け、少しだけぶるっと身体が震えてしまう。どんよりと曇った空を眺めつつ、俺はのんびりと昼休みの屋上で過ごしていた。

「……はぁ」

「どうしたんだい、湊。今日は随分とテンションが低いみたいだけど？　ため息なんか吐いてると幸せが逃げ出しちゃうよ？」

隣に聞こえるほど大きくため息を吐いていたらしく、少しだけ心配そうにこっちを見てくるのは一ノ瀬和樹。高校から仲良くなったこいつはいつもからかってくるし、女を取っ替え引っ換えしているしで、まあ決して素晴らしい男とは言えないが、それでもこうやって心配してくれる数少ない友人なので、憎めない奴だ。

そんな和樹の気遣いに少しだけ救われながら、こいつなら誰にも言いふらしたりしないだろうと、ため息の原因を明かしてみることにした。

「幸せが逃げるだけで済むならそれでもいいんだがな。まあ、聞いてくれ。実はな……」

それは約二週間前のことである。

父親が海外で働くことになり、それに母親がついて行くことになった。結局両親は俺を置いて、そのまま海外に行ってしまった。こうして図らずも急に高校二年生の半ばで一人暮らしが始まったのだ。

最初こそ口うるさい両親がおらず一人暮らしであることにせいせいしていたものの、一人暮らしだからといって自由に暮らせるというわけではない。自分の家族も裕福ではないので、お金の問題が絡んでくる。

もちろん、生活費として幾らかはもらっているのだが、残念ながらそれだけでは足りなかった。理由は分かっている。調子に乗って本を買いまくったのが原因だ。初めて手にする大金を前に本を買いたい衝動が抑えられなかった。その結果、現在俺の財布はかなり寂しいことになっていた。

「……ってわけだ」

「あはは、本が好きだからって生活費まで使うとかどれだけ本バカなんだい？　もはや恋人は本ってやつだね」

「うるさい。今月に魅力的な新刊の本がたくさん出るのが悪い」

「まったく、相変わらず変わらないね。それで？　どうするんだい？」

「だから困ってるんだよ。まぁ、ギリギリ切り詰めれば凌げそうだしなんとかなるとは思うけどな」

「ふーん、じゃあこの際だしバイトでもしたら？　バイトしたらお金入ってくるし。少なくとも現状の解決にはなると思うけど」

「いや、アホか？　バイトは校則で禁止されてるだろ」

「結構みんな隠れてバイトしてるし、別にいいと思うけど」

「いや、でもな流石に罰則はきついわ」

もちろん、隠れてやってるやつもいることは知っている。だがもし見つかったら？　万が一ということがあると思うと、和樹の提案には渋ってしまいなかなか頷けない。

「ふーん、なるほどね……。あ、そうだ！」

俺がなかなか頷かないことに和樹は少しだけ不満げな表情を浮かべる。だがすぐに何か思いついたのかニヤッと少しだけ意地悪な笑みを見せて、目を輝かせた。

「バレたところで罰則を受けた人なんて知らないし大丈夫だと思うけど、湊がそこまで心配するならさ」

「お、おう」

ぐいっと身体を寄せて顔を近づけてくるので、つい身体を引いてしまう。

嫌な予感がした。俺は知っている。こいつがこの表情を浮かべた時は大抵ロクなことを言わないのだ。

「湊、変装しようよ！」

「お、おう？」

急に訳分からない提案をし始めたことに、オットセイの返事しか出来なかった。


「……で？　変装ってどういう意味だ？」

「そのまんまの意味だよ。変装して今より遥かにお洒落な姿になるのさ。前から思ってたんだよ。絶対湊はちゃんとした服装にすればかっこよくなれるって」

「はっ、学校中の女にモテモテのお前に言われたところで嫌味にしか聞こえないな」

学校中というのは言い過ぎかも知れないが、それでもこいつはかなりの有名人で学校で知らない奴はいないだろう。まあ、実はもう一人、こいつ以上に有名な人がいるのだが。

「まあまあ、いいからいいから。それで、どう？　変装してバイトしない？」

「変装したところで、たかが知れてるだろ。すぐにバレるわ。それにバレたら怖いし」

「僕の腕を舐めないで欲しいな。湊なら素材はいいし、絶対バレないよ。ちゃんとやり方教えるしさ。ね？　なんなら、あまりうちの高校の人達が立ち寄らないバイト先紹介するしさ」

「いや、でもな……」

もちろん、そこまでしてもらえるならやってみてもいい気がしてくるが、やはり校則を破るのは良くないと思い、頷けない。渋る俺に和樹はとどめを刺してきた。

「いいのかい？　バイトしたらこれまでより遥かに沢山の本を心置きなく買うことが出来るようになるよ？」

「よし、そのバイト先教えろ。そして変装の仕方も頼んだ」

即答した。

うん、本が買えるなら校則なんて怖くない。本の方が校則より大事。

放課後、変装のやり方を教わるため和樹と一緒に俺の自宅にいた。

「色々やることはあるんだろうが、それでまずは何からやる？」

「最初にやるのはそのメガネだね。本当に驚くほど致命的にダサいよ」

そう言っておかしそうに笑う。

確かにこのメガネは自分に似合っていないのは自覚しているが。こいつ……。今は教わる立場だから我慢してやるが後で見てろよ。

「うるさい。じゃあ、メガネを変えるってことか？」

「まあ、そうだね。どうしてもメガネがいいっていうならこれからフレームを探しに行くけど、確か湊ってコンタクト持ってたよね？」

「ああ、お前が去年の誕生日に押し付けてきたやつがな。急に俺の度数を聞いてきたと思ったら、まさか誕プレにコンタクトを寄越すとは思わなかったよ。とりあえずつけてくる」

洗面所に行き、一年ぶりに袋からコンタクトの箱を取り出す。実は中学の時に何度かつけたことがある。だが毎日つけるのは面倒だし、何よりお金がかかるのでその手間暇を考えると億劫になってやめてしまったのだ。何年かぶりのコンタクトで上手くつけられるか不安だったが、意外とあっさりと入った。無事成功したことにほっと安堵しながら、コンタクトの箱を片付けてリビングに戻る。

「おお！　やっぱりコンタクトにするだけで随分変わるね。やっぱり僕の目に狂いはなかった」

「……まあ、変じゃないならいい」

「ふふふ、じゃあ、次は髪だね」

「言っておくが切らないからな？」

「まあ、そう言うと思ったよ。そもそも変装が目的なんだから、短くするとどうしても学校の姿とバイトでの姿が近くなってばれやすくなるしやらないよ」

「なら、いい。それで、髪って何をやるつもりだ？」

「じゃん！　これだよ」

そう言ってカバンから取り出して見せてきたのは小さめのヘアアイロンだった。そういうものがあるのは知っていたが見るのは初めてだ。

「これでその重い前髪をあげて、ちゃんと顔が見えるようにすれば絶対印象が変わるはず。あとはワックスとスプレーで全体も整えてって感じかな」

「……よく分からんが、まあ、一回やってみてくれ」

「任せて」

説明されてもいまいちぴんと来なかったので先を促すと、楽しそうに準備を始める和樹。アイロンで俺の前髪をあげて、全体的にハネを入れていく。次々変化していく髪型を鏡越しに眺めながら、不思議な気分になってくる。

「ほんと、凄いな」

「これからは湊が自分でやるんだからね？　とりあえず一週間は色々やり方を教えていくから」

バイトのたびに和樹に手伝ってもらうわけにはいかない。見た感じはそこまで難しそうではないのでなんとかなりそうだ。一応慣れはするらしいので、一週間頑張らなければ。

「あとは、ワックスとスプレーね」

そう言って手に取ったワックスを髪の毛全体に馴染ませていく。髪がだんだんと硬くなり引っ張られる感覚に違和感を覚えながら完成するのを待つ。しばらく髪束を作ったりほぐしたりして調整していたが、完成したのか最後にスプレーをかけた。

「はい、完成。うん、もはや湊とは思えないほど別人だね」

そう言っておかしそうにクスクスと笑う。

ただ馬鹿にしているわけではないようで、満足げにしているあたり上手くいったのだろう。自分で見ても別人としか思えないほど変わっている。いつもは目が隠れるくらいまで伸びていた髪があげられ左右に分かれているので、視界が広い。自分でさえ普段の自分との違いに驚いているのだから、他の人ならもう絶対気付かないだろう。

「ああ、確かにこれなら誰も俺だとは思わないな」

「アイロンは余ってるやつだからあげるよ。あと、ワックスとスプレーは明日買いに行こう。そこまで高くないし」

「分かった。ほんと、ありがとな」

「いいって。湊のイケメン化計画を実行するために僕が提案したんだから。明日からももっと教えていくからね。ビシビシ行くよ」

「ああ、頼む」

　こうしてバイトへと向け、色々準備を進めていった。和樹の説明は分かりやすく、髪のセットの仕方や眉毛の整え方などコツをすぐに習得出来た。変装の準備は順調に進み、幸いにも面接も上手くいき即採用してもらえた。

　とうとう迎えたバイト初日。黒や茶色を基調としたシックな雰囲気が漂う店内で、そわそわする気持ちを抑えながらキャストの皆の前に立つ。全員が自分と同じ黒の制服に身を包んでこっちを見ているのが、視界に入った。
「今日から入る田中湊くんです。これから一緒に頑張っていきましょう」
「えっと、よろしくお願いします」

店長に紹介され、少し緊張しつつ他のキャストの前で頭を下げる。

「田中くんの指導は誰に任せようかなー。あ、じゃあ、柊さんお願いできる？　年も近いし、話しやすいと思うんだよね」

「……分かりました」

俺の目の前に立っている人が柊さんらしい。

目にかかるほど長い前髪にキュッと結ばれた口元。縁の細いメガネをかけて、ぱっと見た印象は地味な女の子といった感じだ。

「初めまして、柊玲奈です。よろしくお願いします」

少し冷たく壁を作るような物言いから警戒しているのが伝わってくる。少しだけ嫌な気分になるが、まあ、初対面であるし異性でもあるのだから警戒されるのは頷けた。

それよりも彼女の名前に少し引っ掛かりを覚える。玲奈という名前には聞き覚えがあった。俺の学校には斎藤玲奈という女子がいる。学校一の美少女として知らない人はいないほど有名人だ。俺も別にそこまで詳しくはないが、斎藤はいるだけでとても目立ち、通り過ぎるだけで視線を惹きつける優れた容姿をもっている。

彼女の髪は光が当たるとキラキラと煌めくような輝きを放つ黒髪。目はぱっちりとした二重、彫刻像のような整った鼻筋に、ぷるんとした果実のような熟れた赤い唇、そしてきめ細かな白い肌。端的に言って彼女は見惚れるほど愛らしい美少女だ。

そんな人物と同じ名前に少しだけ驚くが、まあよくある名前ではあるし、同じ名前の人物がいたとしてもおかしくはない。違和感はすぐになくなった。

「よろしくお願いします」

目を合わせて頭を下げると、ふいっと目を逸らされる。警戒するのは悪いことではないと思うが、あまりに距離を置かれると仕事がやりにくくなりそうで、少し先が心配になる。

「……じゃあまずは、接客のやり方から……」

柊さんに、一つ一つ仕事の案内をしてもらっていく。意外にも説明は丁寧で分かりやすい。所々覚えにくいところも質問すればちゃんと教えてくれた。無愛想だが仕事は丁寧らしく、上手くバイトの仕事を覚えられそうでほっと安堵する。

親しくはなれなそうだが、仕事の付き合いは上手くいきそうだ。

こうして俺の変装バイト生活は少し無愛想なメガネ女子と出会うことから始まった。

「では、これで今日のホームルームを終わる」

「起立、礼、着席」

バイトを始めてしばらく経った頃、今日一日の学校生活が終わり、ふぅ、と内心で小さく息を吐く。

やっと終わったことに解放感を覚えながら、机の中の教科書をリュックに戻していると、和樹が近づいてきた。

「あれから、どう？　バイトの調子。上手くやってる？」

「まあ、なんとか上手くやってるよ。和樹が言っていた通り、あの店全然高校生来ないから、今のところは安心してバイト出来てるな。ほんといいところだ」

「そりゃあ、良かった。紹介した甲斐があったよ。それで、どう？　可愛い子はいた？」

「……はぁ、お前なぁ」

せっかくいい奴だと見直していたところなのに、この発言だ。呆れて言葉が出てこない。思わず冷たい目線を送ると、心外だとばかりに真剣な声で続けてくる。

「いやいや、可愛い子がいるかは大事だよ。もしかしたら、湊にも春がやってくるかもしれないし。それを期待して送り込んだ部分もあるんだから」

「そんなの来ねえよ。だいたい同い年くらいの人は1人だけだ。あとはみんな年上」

とりあえず働いてみた感じだと、柊さん以外に若い人は見当たらなかった。おそらくあの店の客の年齢層が高いことも一因だろう。まあ、まだ働き始めたところなので、時間帯的に被っていない人もいるし、もしかしたらいるかもしれないが。

なんとなく口にした俺の言葉に、和樹は目敏くきらきらと目を輝かせて食いついてきた。

「お、いいじゃん。その同い年の人。どう？　可愛い？　いい感じになれそう？」

「何か起こす気もないし、そもそも起こりそうにないな。結構警戒されてて冷たい対応されたし」

ほんと恋バナが好きな奴だ。やたらと食いついてくる和樹にうんざりしつつ答えてやる。

そもそも恋とか女子とかそういうのとは縁遠いところで過ごしているのだから、和樹が期待するようなことなんて起こるはずがない。

それに柊さんに限ってそんなことは万が一もないだろう。バイトの感じを見てもあまり周りと関わろうとしていないみたいだし、これからもあまり親しくなることはあるまい。

「ちゃんと愛想良くやってる？　せっかく外見がかっこよくなっても今の湊のままだったら警戒されるよ？　その結果友達が少ないんだから」

「うるさいな。そこはちゃんとお前に言われた通りやってるし忘れてねえよ。愛想笑いと程よい話題提供だろ？　おかげさまで他のバイトの人とはそれなりに話せるようになったしな。そこは感謝してる」

「あはは、いいっていいって。でも残念だなぁ。バイト先の出会いで湊にも春がやってくると思ったのに。湊と恋バナしたかったなー」

「残念だったな。まあ、バイトのおかげで本という恋人は何人も出来たがな」

「この浮気者」

「いや、それは違くないか？」

和樹の妙なボケにツッコみつつ、そんなことを話して放課後を終えた。


（ほんと、あいつは……）

和樹は何やら女の子とデートがあるらしく、それまでの時間潰しに俺と話していたらしい。時間になると楽しそうに去っていった。

あそこまで節操がないのは考えものだが、好きな人というものが出来たことがない自分としては、少しだけ羨ましくもある。読書家だと他人に興味がないと思われがちだが別にそんなことはない。普通に人と話すのは楽しいし、恋愛なんかにも興味がある。

だがいかんせん、本を読む方が楽し過ぎるので、当分は恋人なんてものは出来ないだろう。

うん、本が魅力的過ぎるのが悪い。俺は悪くない。

当分は本を恋人にして満足しよう、そんなことを考えながら歩いている時だった。

「なんだこれ」

紺色(こんいろ)の手のひらサイズの手帳が道脇(みちわき)に落ちていた。近づいてみると、その手帳は俺が通う学校の生徒手帳だった。まだ表紙に傷はなく綺麗(きれい)なままで、誰かが落としたであろうことは容易に想像がついた。無視するのは良心が痛むし少しの好奇心(こうきしん)もあり、拾って中を見てみる。

『斎藤玲奈　生年月日　２００３年11月28日』

一瞬(いっしゅん)だけ、月は違うが俺と同じ誕生日な所に目が行く。だがすぐに名前へと視線は奪(うば)われた。その手帳に記されていた名前は、あの有名人の彼女の名前だった。

（どうするか……）

手帳の対処に困り、頭を抱える。拾った以上は届けるべきだろうが、生憎(あいにく)と教室で彼女に話しかけるような勇気はない。話しかけるだけでかなりの注目を浴びるのは想像がつく。そんな注目を浴びるのはごめんだ。

一瞬、和樹に頼んで渡(わた)してもらうことも考えたが、あいつならこれを機会にして斎藤に近づこうとするに違いない。あいつはいい奴ではあるが女子に近づけさせるのはあまりよくない奴だ。ほとんど関わったこともない彼女だが、なんとなくそんな奴を仕向けるようにするのは気が引けた。となると自分で渡すしかない。

だが、それはそれで面倒だ。思わず「はぁ……」とため息が出てしまう。彼女は塩対応で有名な人であるし、話しかけて冷たくされるのは容易に想像でき、明日を憂(うれ)えた。


翌日の放課後、俺は下駄箱(げたばこ)付近で斎藤を待っていた。放課後ならあまり人目にもつかないので、噂(うわさ)になることも少ないだろう。しばらくすると彼女は姿を現した。

長い黒髪を煌めかせ、目を引くような美しさで彼女が斎藤であることはすぐに分かった。遠目からは何度か見かけたことがあったが、近くで見るとその可愛さは一層際立(きわだ)っている。歩くだけ人目を惹く優れた容姿は、確かに学校一と言われるだけのことはある。

「少しいいか？」

俺に一瞥(いちべつ)もくれず、目の前を通り過ぎようとするので声をかける。するとぱっちり二重の瞳がこちらを向いた。きっと笑えば誰をも魅了(みりょう)できるような魅力的な笑顔(えがお)だろう。

だが今は話しかけられたことに、そして今までまったく関わりのなかった人間からの接触(せっしょく)に、黒の瞳にはうっすらと警戒の色が浮かんでいた。

「……なんですか？」

冷たく内面に一切(いっさい)立ち入らせない底冷えするような口調から壁を作っていることは明ら

かだ。その対応に少し傷付くが、流石に見ず知らずの人間に声をかけられればガードを固めるのは頷ける。

もしかしたら下心を持っている、あるいは告白待ちでもしていると思われたのかもしれない。別にそう思われたところで、手帳を渡すだけなのだから問題はないが、それでもさっさと終わらせた方がいいだろう。

「ほら、これ多分お前の落とし物だ」

こっちとしても別にこれ以上関わる気もなかった。それに下心を持って近づいてきたと思われるのも嫌だった。なので、素っ気なくぶっきらぼうに言い放って、生徒手帳を押し付ける。すると、斎藤は小さく声を漏らした。

「え……」

くりくりとした瞳が大きく開かれ、その無表情にぽかんとした表情が浮かび上がる。そのまま目をぱちくりとさせて固まった。

「それ渡したかっただけだから。じゃあな」

無事渡し終えたことにほっとしつつ玄関の方へと身体を向ける。用は済んだのだ。斎藤が何かを言おうと唇を動かす前にさっさと足早にその場を離れることにした。

落とし物を返してやったのだ、多少丁寧さは欠けていても文句は言われないだろう。そう思いながら足早に下校する。どうせもう関わることはない。こんな偶然なんて滅多に起きることではないし、俺としても周りからの注目を浴びるのはごめんだ。関わるのはこれっきり。家に帰りながら俺はそう思っていた。この時までは。

　学校一の美少女の彼女に生徒手帳を渡した日の夜、いつものようにバイトをして働いていた。昨日は一晩どうやって生徒手帳を渡すか悩んでいたので少しだけ寝不足だった。そのせいか集中力が欠け、皿を店内からキッチンへと戻す途中、一瞬足が引っかかってしまった。

「あ！」

　急いで姿勢を戻すが後の祭り。滑り落ちた皿が床に落ちる。皿が地面についた瞬間、陶器が割れる音が店内に響き渡った。皿を落としたのは初めてのことで一瞬頭が真っ白になる。

「ちょっと！　人の目の前で食器を落とすなんてどういうこと⁉　破片が飛んできて危なかったじゃない！　なにしてんのよ！」

「すみません……」

　お客様の目の前で皿を落としてしまったせいで、破片が飛び散ったらしい。自分より少し背の低いふくよかな身体をしたおばさんが金切り声を上げて、責め立ててくる。この後の対応が分からず、ただひたすらに謝り続けていると、すぐに後ろから声が聞こえた。

「すみません、お客様。どうなさいましたか？」

スッと俺とお客様の間に柊さんが入ってくる。

まさか彼女が来るとは思っておらず、その後ろ姿を見入ってしまった。

「ふん、その人が私の目の前で転んで食器を割ったのよ。その破片がこっちに飛んできて危なかったわ！」

騒々しく騒ぎ立てるお客様相手に柊さんは特に怯えることなく、淡々といつもの声で対応し続ける。その変わらない態度に少しだけ心が落ち着き、冷静さが戻ってきた。

「それは申し訳ありません。今、掃除道具を取りに行かせます」

柊さんは振り返ってこちらを向く。

「田中くん。事務所にいる店長に掃除道具を取ってきてもらえるよう頼んでくれる？」

「……分かりました」

店長を呼ぼうとしていることはすぐに分かった。これ以上柊さんが責められないよう急いで店長を呼びに行く。事情を話すと店長はすぐに向かってくれた。

「大変申し訳ありません」

ペコリと頭を下げて謝罪から入る店長。柊さんが店長に状況を詳しく説明しているのが目に入る。お客様に色々文句は言われたが店長の対応もあってなんとか無事解決することができた。

その後は特に問題が起こることなくバイトの時間は終了した。柊さんも同じ時間で終わるようで、女子の更衣室へと入っていくのを見かけた。今日は本当に助けてもらったので、その礼を言いたくて少しだけ裏口のところで待つことにした。

（今日は、ほんと助かったな……）

初めての失敗であったし、まさかあんなに酷く責められるとは思ってもいなかったので、助けに来てくれた柊さんには本当に頭が上がらない。これまでも困った時はすぐに助けてもらっていたし、本当に何かお礼を返さないといけないだろう。第一印象で抱いた柊さんの無愛想で冷たい印象は変わらずそのままだが、教えてくれる時は優しく丁寧で、分からない時は聞いたら怒らずに教えてくれるのできっと根は優しい人なのだと思う。

どうやってお礼を返そうか悩んでいると、ガチャリと裏口のドアが開いて、柊さんが出てきた。

「柊さん！」

「どうかしましたか？」

「今日、助けていただいてありがとうございました」

「……私、何かしましたか？」

　バイトを終えて柊さんに礼を告げると、彼女はまるで心当たりがないようで、コテンと不思議そうに首を傾げた。彼女にとっては大したことではなかったのだろう。優しくしたことに気付かないほど当たり前のように優しく出来る彼女が少しだけ眩しい。

「今日来たクレーマーの人の対応で困っていた時、代わって対応してくれたので」

「……ああ、そんなこともありましたね。別に気にしないでください。仕事ですから。それにこれも教えることの一つですし」

　俺の言葉に納得したような声を上げる柊さん。

　彼女にとっては本当に些細なことならしく、素っ気無い返事だけが返ってくる。

「そんな、気にしないなんて出来ないですよ！　何か今、困ってることとかありませんか？　よければ力になりますよ」

　今回のことだけではない。自分がまだ入ったばかりで慣れない時に何度も助けられ救われてきた。流石にここまでお世話してもらって何も返さないわけにもいかない。

　とりあえず思いついた恩返しとしては困っていることを助けてあげるというものだ。一番シンプルだし、こちらとしてもちゃんと恩返しできたと思えるのでいいと思う。

だが言っておいてなんだが俺の提案を受け入れるなんてことは期待していない。柊さんは人との関わりを避ける傾向にあるので、わざわざそんな困ったことなんてあったとしても明かしたりしないだろう。

おそらく柊さんは俺の提案を断るだろうが、自分が感謝していることだけはきちんと伝えておきたかった。ここまで言えば誠意は伝わるだろうし、真剣に感謝していることも伝わるだろう。断られた時は、有名店のお菓子でも買って渡すとしよう、そう思っていたが、柊さんは少しだけ考え込むように顎に指を当てると、予想外の返事をしてきた。

「……じゃあ、一つ相談にのってもらえますか？」

「へ？」

まさか相談を持ちかけられるとは思わず、間抜けな声が漏れ出てしまう。

「別に、ダメならいいです」

「い、いえ、驚いていただけなんで。いいですよ！　悩み聞きますよ！」

俺が驚きで固まって返事をしなかったことを拒否ととったのか、ツンとした態度で諦めようとするので慌てて取り繕う。予想外のことではあったが、彼女に頼られた以上は出来るだけのことはしようと気持ちを強くして耳を傾けた。

「……今日、知らない男の人に声をかけられて警戒したら、落とし物を渡すためだったんです。本当はその場で礼を言いたかったのですが、私、呆気に取られてしまって……」

「つまり、その人に礼を言いたいから捜して欲しいとかですか？　流石にそれは……」

力にはなりたいがたったそれだけの情報ではどう考えても見つけようがない。服装や年齢だけ分かっても見つけるのは厳しいだろう。

別に俺は探偵でも何でもないのだ。そんな少ない手がかりでは絶対捜せない。せめてもう少し手がかりがなければ捜しようがない。

「いえ、同じ学校の人ということは分かっているので、拾ってくれた人は自分で見つけるので大丈夫です。相談したいのは別のことで、その人に明日お礼としてちょっとしたお菓子でも渡そうと思っているのですが、生憎男性の好みというのが分からないので、出来れば教えて欲しいです。異性に物を渡すといったことをあまりしたことがないので……」

「ああ、そういうことでしたか、なるほど」

改めて礼を言いにいこうとする姿はとても柊さんらしい。やはり素っ気ない態度や無表情で冷たい雰囲気があったとしても根はいい人なのだろう。

まさか頼ってくれるとは思ってもみなかったが、せっかく頼ってくれたのだ。出来るだけ力になり、彼女の参考になるよう頭を働かせて考える。

「まずは、あまり甘いものは避けた方がいいですね」

「甘いものはダメなのですか？」

俺の言葉に不思議そうにきょとんとした表情をする柊さん。いつもの無表情と違った人らしい感情がのった表情は、地味な印象を補って余るほどとても可愛らしい。不覚にも少しだけ目を奪われる。

「いえ、甘いものがダメというわけではないですが、自分も含めて男子は甘すぎるものは苦手な人が多いので甘さが控えめなものがいいと思います」

男子の中には甘いものが好きな人も少なからずいるが、そういう人たちは別にそこまで甘くないものでも普通に食べられるので、相手の好みが分からない以上、より多くの人に受けやすいものの方がいいだろう。

「……なるほど」

俺の説明にこくりと頷きながらじっとこっちを見つめてくる。真剣な表情でじっと俺の話を聞こうとする姿勢からは、ちゃんとその人にお礼をしたいという気持ちがとても伝わってきた。

「あとは、学校で渡すのでしょうし、生ものは良くないのでケーキとかは避けた方がいいと思います。クッキーとかマドレーヌとか、あとは……カップケーキなんかもいいかもしれないですね」

「そういう類ですか……分かりました。そのあたりでしたら、迷惑(めいわく)にならないでしょうか？」

渡す以上は迷惑をかけたくない、そんな不安な気持ちのせいか、柊さんはヘニャリと眉(まゆ)を下げた。

彼女の背が小さいのも相まって、覗(のぞ)き込むようにしてこっちを見上げてくる姿は図らずも上目遣(うわめづか)いとなり、なんとも言い難い気持ちになる。少しでも不安を解消させたくて、言葉が強めになってしまう。

「大丈夫です。絶対迷惑だとか、いらないなんて思いませんよ。いただきものは基本的に嬉(うれ)しいものですし」

「そうでしょうか……」

あまり人に何かを渡すなんてことに慣れていないのもあるのだろう。不安は拭(ぬぐ)い切れないらしく、俺の言葉を聞いても柊さんはどこか心配そうにしたままだ。

「ちなみに、どういう系のものを買う予定なんですか？」

「えっと、今聞いたばかりなのでまだ決まっていませんが、美味(おい)しいと有名な焼(や)き菓子屋(がしや)さんを知ってるのでそこで探してみようと思います」

「へー、そんなところがあるんですか。意外と詳しいんですね」

なんというか柊さんも女の子ということなのだろう。あまりそういう有名なお菓子屋さんとかそういうのに興味がないと思っていたので少しだけ意外だった。

「あ、いえ、私は行ったことがないんですが、クラスの女子から時々貰(もら)ったりするので、それで知っていたんです」

「ああ、なるほど」

そう言われて妙に納得する。彼女自身がそういう有名店を探しているような印象はなかったが、周りから聞いていたとなれば覚えていてもおかしくはない。

もし、どこで買うか決まっていないようなら、よく和樹(かずき)から聞くおすすめの店でも勧(すす)めようかと思ったが、心当たりがあるなら教えなくても問題ないだろう。

「上手く渡せるといいですね。それじゃあ、失礼します」

「はい、教えて下さりありがとうございました」

挨拶(あいさつ)をするとぺこりと頭を下げて礼をしてきた。柊さんの優しさを見直しながら、帰路についた。

　バイトで柊さんの相談に乗った次の日。学校の授業が終わった放課後、下駄箱で靴を取って出ようとすると、出入り口で斎藤が立っているのが目に入った。パッと彼女の二重の瞳と目が合う。いや、合った気がした。

　彼女と関わったのは昨日の一度きりだし、話しかけてくる用事などないはず。昨日渡した人が俺だなんて覚えていないだろう。彼女の待っている相手が俺だなんてあるはずがない。そう決めつけ、横を通り過ぎようとした時だった。

「少しいいですか?」

　凛とした はっきりと耳に残る声。決して柔らかい口調ではないが、昨日よりは幾分か冷たさの抜けた声が耳に届く。まさか声をかけられるとは思わず、間抜けな声が出てしまった。

「え、俺?」

　一体なんの用事だろうか。おそらく昨日のことについてだろうが、見当もつかない。

　……もしかしたら生徒手帳はきちんと返したはずだが、中身が破けていたりして文句でも言いにきたのだろうか?

「言っておくが俺はお前の生徒手帳を破ったりしていないからな。傷がついていたんだとしたらそれは落とした時についた傷だ。俺はつけてない」

文句を言われないようあらかじめ先回りして牽制する。だが予想は外れたらしい。斎藤はきょとんと目を丸くして首を傾げた。

「はい？　生徒手帳はちゃんと綺麗なままでしたよ？」

「え、そう？　じゃあなんの用事？」

まさか俺の思い違いだったとは。勝手に勘違いして変なことを口走ったなんて恥ずかしい。文句でもないとすれば一体何のために話しかけてきたのだろうか。

訳が分からず困惑して固まっていると、斎藤はどこか緊張した面持ちで背中に隠していた小さな袋を出して差し出してきた。

「えっと……これ、あげます」

少し震える腕を見ながら、つい条件反射で差し出された袋を受け取る。カサッ、という音と共に腕に袋の重さが伝わってくる。それほど重くはない。むしろ軽いくらいだ。

「なにこれ？」

「昨日は落とし物を届けてくれてありがとうございました。それはそのお礼です」

ああ、そういうことか。斎藤がわざわざ話しかけてきた理由を理解して納得する。

改めて礼をしてくるなんて意外といい人だ。あの無愛想さは警戒心の表れでもあったのだろう。最初の塩対応の冷たい印象から少しだけ彼女の評価を改めた。

「なるほど、ありがとう」

「……いえ」

もう用事が終わっただろうに、まだ俺と向かい合って彼女は立ち去ろうとしない。彼女はまだ緊張した面持ちのままじっと俺の手に持つ袋を見つめていた。

「開けていいか？」

何か気になることでもあるのだろうか？　彼女の行動を不思議に思いつつも、せっかく貰ったものだし開けていいか尋ねる。

「え？　はい……」

なぜか彼女はきゅっと口元を強く結び、緊張した表情をさらに険しくする。何かを覚悟するようなそんな面持ちだ。

彼女の表情の変化を横目で見ながら、ガサガサと音を立てて袋を開けた。中に入っていたのはクッキーだった。つぶつぶのチョコチップが付いたクッキーで美味しそうだ。あまりに美味しそうだったので一つ取り出して食べてみる。

「ん!?」

ただのチョコチップクッキーかと思ったが違ったらしい。ほんのりと柑橘系のソースが間に入っていてとてもさっぱりしていた。外はサクサク、中はふわふわでもう一枚食べたくなってくる。甘さも控えめで、男の俺でも美味しく食べられた。とても美味しくつい感想が口から漏れでた。

「これ、めっちゃうまいな」

「⁉　そ、そうですか。お口にあったならよかったです」

どうやら俺の反応が気になっていたらしい。美味しいと褒めると、彼女は緊張した表情を緩めてほんのりとだけ口元を緩めた。普段無表情の彼女が浮かべたほんの少しの微笑みをつい凝視してしまう。

（へー、こういう表情もするのか）

斎藤は確かに美少女だと思っているが、別にそれ以上の感想は浮かばなかった。容姿は優れていると思うし、実際目の前に立つ彼女を見て可愛いとも思う。だがそれは、彼女を異性として魅力的だと捉えているわけではなく、どちらかと言えば彫刻品や絵画なんかに抱く芸術品への美しさのイメージに近い。

無愛想で冷たく塩対応な彼女を可愛いと思うことが今まで理解できなかったが、こうやって無表情以外の喜んではにかんでいる姿は、なんというか人間味があって可愛いと皆が言う理由に納得がいった。

「なんですか？」

俺の視線に気付いたのか、一瞬だけ浮かんだわずかな微笑みは一瞬で消えてしまい、また警戒の滲んだ素っ気ない声が返ってくる。せっかく見れた彼女の人間らしい表情が無くなったことに、なんだか名残惜しさが少し出てくる。

「いや、なんでもない。これはありがたく貰ってくよ。家で食べるわ。じゃあな」

「あ、はい、さようなら」

一瞬浮かんだ妙な気持ちを誤魔化すように、俺は彼女とさっさと別れた。

それにしてもまた学校一の美少女と話すことになるとは。予想外の出来事に驚いたが、今度こそもう関わることもないだろう。彼女の微笑みを見れて役得だった、そう思いながら俺は帰宅した。

予想通り、俺と斎藤はあれから関わることはなかった。

もともと縁のない人物だったのだ。二日も連続で話したことの方が奇跡に近い。そんな奇跡が続くはずもなく、関わりはあれっきり何もない。二度話したからと言ってそんなことで関係性など変わらないし、変わるはずがない。ただ少しだけ変化があったとすれば、休み時間に廊下ですれ違ったときにペコリと会釈されるようになった程度だろうか。

結局何も変わらない日常のまま昼休みに突入すると、和樹が声をかけてきた。

「あ、湊。今日空いているんだ。お昼ご飯食べに行こう」

「ああ、いいぞ」

リュックから財布を取り出しながら席を立つ。廊下に出ると、和樹がふふん、と得意げに笑って話しかけてくる。

「聞いた？　今日図書館に新刊が入るらしいよ」

「お、まじか。なら、今日は図書館に行こうかな。いつもながら思うがそういう情報ってどこで掴んでくるんだ？」

「まあ、交友関係の広さがなせる技だよ。湊もいち早く図書館の新刊の情報が欲しいなら交友関係を広めたら？」

「俺はいいよ。和樹が教えてくれるしな」

「まったく、変装の訓練の時から思っていたけど、湊って別に人と愛想よく話せるのにやらないなんてもったいないな。どうせやらない理由って本を読む時間が減るからとかだろうけど。ちゃんと毎回教えてあげてる僕に感謝して欲しいね」

いつも憎まれ口を叩き合う仲だがこうやって色々助けてくれることもあるので、たまには恩返しも悪くはない。ちょうど昼ごはんを食べに行くことだし、奢ってやるとしよう。

「ああ、まじで助かってる。情報代ってことで今日の昼飯奢るよ」

「本当に？　ラッキー」

そんなことを話しながら学食へと行くと、皆が視線を送っている姿があった。一体誰がいるのか。その視線の先へと目を向けると、そこには斎藤の姿があった。そのあまりの強烈な印象に思わず感想が漏れ出る。

「……なんていうか凄いな」

「ん？　あー、斎藤さん？」

俺の視線の先を辿り、妙に感心したような声を出す和樹。

「ああ、あれだけ注目を浴びながらご飯を食べられるとか信じられん」

多くの女子が斎藤の周りを囲み一緒に食べており、その中心で彼女は時々友人らしき人達と話しながら食べていた。周りに女子しかおらず、男は1人もいない。おそらくそれは話しかけたところで冷たくされることが広まっているからだろう。だが熱烈な視線や多少の下心を含んだ男の視線が彼女へと向いているのは食堂内を見渡せばすぐに分かった。

あんなに見られたら落ち着いた心地などしないだろうに。優れた容姿は良いことなのだろうが、彼女の境遇を考えると大変そうだ、と人ごとながら心配してしまう。

「斎藤さんね。あの人はあの人で大変そうだよね」

「まあ、それはなんとなく分かるわ。俺ならストレスで死ぬ自信がある」

「どんだけメンタルが弱いのさ。それにしても珍しく女子に興味を持つなんて、もしかして斎藤さんを好きだったり？」

「んなわけないだろ」

またしてもすぐに恋バナに繋げようとしてくる和樹を適当にあしらいつつ、斎藤から視線を切る。ただ周りの人達と話す時の彼女の貼り付けたような笑顔が妙に脳裏に残った。

「相変わらず、女子に興味がないなぁ。少しはいいなって思う人いないのかい？」

「せめて本より一緒にいて楽しい奴が現れたらな」

「それは当分無理そうだね」

真面目なトーンで言うと、呆れたような苦笑いで笑われてしまった。解せぬ。大事なことなのに。その後は適当に話しながらお昼ご飯を食べ終えた。

放課後、和樹に聞いた新刊を求めて図書館へと向かう。あまり利用者がいないので、図書館に近づくほど人気は減っていく。そんな人気のない廊下を歩きながら、ふと昼休みのことを思い出した。

（斎藤の人気があそこまで凄いとは）

前々からかなりの有名人であることは聞いていたが改めてその凄さを今日実感した。そんな彼女からまさか貰い物を受けたなんて。もし誰かに言ったら騒ぎになるか、あるいはまったく信じてもらえないだろう。まあ、どういうわけか知らないが、あの斎藤から貰い物を受けるなんて出来事が起きたが、もともと住む世界が違うのだ。これ以上関わることなんてないだろう。でも、それでいい。あるべきところに戻っただけに過ぎない。

そこまで考えたところでどこか寂しげな雰囲気が漂う図書館の入り口に着いた。予想通り人気はなく静寂だけが周りを包む。ギギギッと古い建物特有の軋む音を立てながら図書館に入ると、ふわりと紙の匂いが鼻腔をくすぐり、つい口元が緩んでにやけそうになってしまった。危ない危ない。やはり、図書館はいい。本に囲まれた空間というのはそれだけで気分が良くなる。ついテンションが上がりそうになるのを抑えながら、さらに中へと進んでいく。人気が少なくシンとしているので、歩く自分の足音がカツン、カツンと小さく建物内に響くのが耳に届いた。

目的の新刊の棚の下までできて、早速読む本を探し始める。一冊、以前に読んだことのある本を見つけた。その本は本当に面白かったので、久しぶりに読み返そうと手に取る。そのまま席に着いてすぐに開く。読み始めた本は冒頭からやはり面白く一瞬で引き込まれた。

――それから少し経った時だった。

「何の本を読んでいるんですか？」

　横から予想外の声をかけられる。慌てて横を向くと、そこにはさらりと煌めく黒髪を揺らす斎藤が立っていた。

（……は？）

　何度も瞬きするがそこには確かに斎藤が立ったままで何も変わらない。夢にも思わない目の前の状況を前に、何も言葉が出てこない。しばらく呆けて固まってしまった。

「あの……」

　少し心配そうに再び声をかけられ、意識を取り戻す。とりあえず聞かれたことを思い出し、手に持っていた本を持ち上げて見せた。

「あ、ああ、こういう題名なんだが知ってるか？」

「ええ、まあ」

　意外だった。この本はそれほど有名なものではないので、作者のファンか、もしくはこういうサスペンスものが好きでないと知らないような本だ。それを知っているということは、彼女も相当な本好きなのだろう。

「その作品面白いですよね。決して王道ではなくて意外性の連続のサスペンスもので、初めて読んだ時は引き込まれて一気読みしたものです。それに……」

どうやら、この本がお気に入りらしい。それを俺が読んでいたから話しかけにきたのだろう。饒舌に話す斎藤は、無表情だが心なしか目を輝かせていて、好きという気持ちがひしひしと伝わってくる。

「この本、好きなんだな」

「あ………」

俺の言葉にかあっと頬を薄く赤らめる斎藤。我を忘れて自分が無意識に熱弁していたことに気づいたらしい。コホンッと咳払いをして気を取り直したことを主張してくる。だが、まだ微妙に頬は赤いままなので、あまり変わった風には見えなかった。

「好きですけど？　悪いですか？」

ツンと素っ気ない声でこれ以上触れるな、と暗に釘を刺された気がした。

「別に。俺も本を読むのは好きだしな」

さすがに機嫌を損なわせるわけにはいかないので、肩を竦めて大人しくしておく。

「そういう系の本が好きならおすすめのがありますよ。系統としては近いのでその本が好きなら合うと思います」

「へー、そんな本があるのか！　気になるな。この図書館に置いてあるかな……」

この本は俺のお気に入りの本の一つなのだ。これに似ている本で面白いと聞けば気になってくるし興味がそそられる。本を探しに席を立つか迷ったその時だった。

「……よかったら貸しましょうか？　今、私持っているので」

「へ？」

まさかの提案に思わず固まってしまう。

えっと、今、なんとおっしゃいました？

「……別にいらないならいいですけど」

「え、あ、いや借りる！　あるならぜひ貸してくれ」

パチッと目を瞬かせて固まって黙（だま）っているのを拒否と受け取ったのか、ツンとした口調で諦めようとしたので、慌てて引き止める。

「……はい、これです」

「ありがとな」

ゴソゴソと鞄（かばん）の中から一冊の本を取り出して差し出してきたので、受け取る。パラパラとページをめくって軽く目を通すと、確かにパッと見た感じはなんとなく似た系統の本みたいだ。地の文の読みやすさや物語の雰囲気など、どれも好みのものだった。

それにしてもまさか縁なんてないと思っていた彼女から本を借りることになるとは。奇（き）

妙な巡り合わせだな、と思いながら受け取った本をじっと見つめていると声をかけられた。

「どうかしたんですか？」

「いや、学校一の美少女から物を借りるなんて滅多に出来ない経験だなって思ってさ」

「……そういう呼ばれ方は嫌です」

俺が学校一の美少女と口にすると分かりやすくうんざりした表情を浮かべた。はぁ、と小さくため息まで吐いているので、余程嫌らしい。俺だって彼女と同じ立場になれば間違いなく嫌なので当たり前と言えば当たり前であるが。

「悪かった、もう言わない。本は貸してくれて本当にありがとな。読んだら返す」

「はい、期限は気にせずゆっくり読んで下さい」

そこまで言葉を交わすとあとは特に話すことはなく、俺たちは別れてそれぞれの席で本を読み進めた。


新刊の本も読み終え家に帰ると、早速リュックから借りてきた本を取り出す。まさか斎藤から本を借りるようなことになるなんて思いもしなかったが、とりあえず借りた以上は読んでみるとしよう。

ゆっくりと丁寧に机の上に本を置く。表紙には多少傷が付いているがそれでも十分綺麗

で、斎藤が大事にしているものだというのは一目で分かった。ワクワクと緊張が入り混じったなんとも言えない落ち着かない気持ちを吐き出しながら、出来るだけ傷めないように大事にページをめくり読み始めた。

ページをめくる。文字に視線を滑らせて一文字一文字を噛み締めて読み解いていく。読めば読むほどどんどん引き込まれる。息を忘れる。ページをめくる手が止まらない。

「めっちゃ面白い……」

確かに斎藤が言っていた通り、俺がさっきまで読んでいた本と内容というか雰囲気が似ていてとても俺好みの本だった。ぐんぐん物語に引き込まれてしまう。この本を教えてくれた彼女に感謝しつつ、俺はひたすら本を読み進めた。

……鳥の囀りが聞こえてくる。ふと、窓の方を向くと、カーテンの隙間から光が漏れ出ているのが目に入った。そのまま、視線を時計にずらすと朝の5時。どっぷり集中しすぎてまったく時間に気付いていなかった。これはまずい。せっかく本を読み終えたのはいいが、完全にやらかした。とりあえず少しだけでも寝ようと、本を閉じてゆっくり眠りに落ちた。

寝不足に苛まれながら日中を過ごし、放課後借りていた本を持って図書館を訪れた。中に入り周りを見回すと、席に座って本を読む斎藤の姿があった。どうやら斎藤の方が早く来ていたらしい。本を読む斎藤の表情はほんの少しだけ緩み、楽しげに目を細めていた。その普段見ない姿に思わず見惚れそうになり、慌てて頭を振って追い払う。

「これ返す。めっちゃ面白かった」

声をかけると、斎藤はゆっくりと顔を上げ、こちらに視線を向ける。俺を認識すると、ぱっちりとした二重の瞳が驚いたように大きく見開かれた。

「ちょっと、どうしたんですか？　凄い隈ですよ？」

あまり鏡で確認してこなかったが、よほど顔色が悪いらしい。どこか心配そうにして憂わしげな表情でこっちを見つめてくる。

「ああ、貸してもらった本があまりに面白くてな。夜遅くまで読んでいたんだ」

「……なるほど、楽しんでもらえたのは嬉しいですが、ちゃんと寝たほうがいいです。体には気をつけて下さいね？」

「……分かった」

お節介だとは思いつつも、心配そうに眉をひそめる斎藤の表情を見れば反論する気は失せ、素直に従うしかない。渋々ながらもこくりと頷いた。

「あ、本、返して下さってありがとうございます」

「いや、礼はこっちのセリフな。まあ、ありがとな。じゃあ」

本当のところはもう少し感想を語り合いたかったが、彼女は自分の本を読んでいたし、大して親しくもない俺と話していても退屈なだけだろう。それにもしかしたら一緒にいるところを誰かに見られてしまうかもしれない。そう思い、さっさと離れようとする。

「あ、待ってください」

だが、袖を控えめにちょこんと摘まれ引き止められた。

「どうした？」

「実はあの本はシリーズ化していまして、第二巻があるんです。よかったら……」

少しだけ弱々しい声で呟くと、鞄の中を探し始める。そのまますぐに見つかったのか鞄から返した本と似たような見た目の本を取り出しておずおずと差し出してきた。

「そんなのあったのか。借りたいけど、そう何度も借りるのは……」

二日連続で人のものを借りるのはどうなんだろうか。それに、学校一の美少女と物の貸し借りを出来るような関係なんてのを他の人に見られたら大変なことになりそうだ。というか確実になる。注目は浴びるし、色々噂されることは間違いない。和樹が絶対いじってくるのも容易に想像がついた。

もちろん、彼女が俺を特別視しているとかそういうわけではないのは分かっている。おそらく気にも留めていないだろう。だが、それでもこういった関わりを持つのはやっぱり少し躊躇われる。

「私は既に読み終えていますので、私の家にあっても埃をかぶるだけですから、読んでくれる人がいたほうが本にとっても幸せなはずです」

「……まあそこまで言うならありがたく借りるわ」

あれだけ面白かった本の二巻というだけで興味はあったし、斎藤がここまで強く構わないと言ってくるなら借りても問題ないだろう。斎藤に感謝しながら差し出された本を受け取った。

「それにしてもこんな風に貸し借りとかしてたら俺のこと好きなんじゃないか？　って思うかもしれないぞ？　男なんて単純だし」

「するんですか？」

「いや、しないけど。というかお前のその態度で出来るわけない」

これまでの素っ気ない態度と冷たい目線を向けられれば勘違い出来るはずもない。斎藤の視線から逃げるように肩を竦めて誤魔化す。

そもそも、こんな何の取り柄もない、クラスでも影の薄い俺のような男に好意を向けるなんて想像できなかった。彼女が俺に向けている認識は、せいぜい良くて共通の趣味友達程度だろう。もしかしたら顔見知りとさえ思ってもいない説もある。そんな中で好かれてるなんて思える奴は自信過剰もいいところだ。

「じゃあ、別にいいでしょう。ちなみに、その本のシリーズはまだまだあるので、その本が読み終わったらまたお貸ししますね」

「お、そうなのか、ありがとう」

用件は終わりとばかりに本を読み始めたので、彼女と別れ、俺はバイトへと向かった。バイト中も借りた本の続きが気になり、いまいち集中できなかったがなんとかやり遂げる。バイトを終え自宅に戻ると早速借りた本を開いて読み始めた。

「やっぱり、面白いな」

よくあるシリーズもので一巻は面白いが二巻はつまらないということが多々あるが、この本はそんなことはなくむしろ一巻以上に面白く、ページをめくる手が止まらない。これは今日もぐっすりとは寝れなそうだった。

あれからというもの毎日、本を返すたびに新しい本を借りるので、必然と斎藤と話す回数は増えていった。最初こそ一言二言程度だったが、だんだんと言葉数は増え、返すときに感想を言い合い、つい話し込んでしまうこともしばしばあった。それほど彼女と話すのは楽しかった。

かといって親しくなるなんてことはなく、これまで通りの距離感が続いている。特に関係が変わることもなかったが、仮に一つあったとすれば、どうしても夜遅くまで起きていることになるので、毎回本を返すたびに小言をちくちくと言われるようになったくらいだろう。残念ながらあのシリーズの本が面白すぎるので、注意されてもまったく直す気にはなれなかった。そのせいでより一層小言が増えたのは言うまでもない。

小言が煩わしく思わなくもないが、ただ、その斎藤の小言も心配から来ているとなると、反論する気にはなれなかった。流石に心配してくれている人相手に無視するのは良心が痛むので、毎回大人しく聞くのが毎日の習慣になり始めていた。

「随分と眠そうですね」

バイト中お客さんが全然来ず、暇と眠気のせいで不意に欠伸が出る。ふわぁっと欠伸をしていると、久しぶりにシフトが被った柊さんが声をかけてきた。

「ええ、最近ハマっているものがありまして、少し寝不足で……」

「そうなんですか。でも身体には気をつけたほうがいいですよ？　若くても体調を崩すときは崩しますから」

「同じようなことをこの前も別な人に言われました」

「きっと、その人もあなたのことが心配なんでしょうね」

心配はしてくれているのだろうが、どちらかというと手のかかる子供に言うような感じを受ける。大事だから心配していると言うよりは、あまりにも目に余るから注意している感じだろう。

「そうなんでしょうね。少し口うるさいと思いはしますが、大人しく聞いていますよ」

「どうせ、聞くだけで反省はしないんでしょう?」

肩をすぼめてみせると、はぁというため息とともにそう返された。どうやら柊さんの周りにも似たような人がいるらしい。彼女の呆れた表情から苦労しているのが窺えた。

「まあまあ、そういえばお礼のプレゼントは気に入ってもらえましたか?」

これ以上この話題を続けても俺が責められ続けそうなので、話題を変えるべく気になっていた話題を振ってみる。すると柊さんは思い出したように少しだけかしこまり、頭を下げた。

「ええ、その節はありがとうございました。美味しいと言って頂けたので、多分気に入ってはくれたと思います」

「そうですか、それならよかった」

「はい、私も安心しました」

随分と不安そうだったので気になっていたが無事成功したようで、内心でほっと胸を撫で下ろす。

「それで落とし物を拾ってくれた人って一体どんな人だったんですか？」

「いい人でしたよ。実はあれから多少交流を持つようになったんですが、素直で優しい人といった感じですかね。……たまに聞く耳を持たない時はありますが」

やれやれといった感じで小さく呆れたように息を吐く柊さん。ため息を吐いてはいるが、その姿はどこか楽しげな感じにも見えた。柊さんの意外な反応につい凝視してしまう。

「……なんですか？」

「いや、意外と男の人と交流を持つんだなと思いまして。てっきり人との関わりとか毛嫌いしているかと思ってました」

俺と話しているのは仕事の関係があるため止むを得ず話しているにすぎないだけだろうし、他の人と親しく話している姿は見かけたことがなかったので、そこまで関わりを持つ異性がいることが意外だった。

「あー、なるほど。確かに基本的に異性との関わりは苦手で断ってますから、田中さんの言う通りですよ。ただあの人はなんていうか下心がないといいますか、私自身にはあまり興味を持っていないので安心して話せるんですよね」

そう語る柊さんの表情には普段の無愛想さは無く、ほんのりと柔らかい笑みが浮かんでいた。

(へぇ、柊さんもこういう顔をするんだ)

滅多に見せない柔らかい笑みは、彼女の地味さを補ってあまり余るほどの魅力を兼ね備えていて、これを見たら大抵の男は落ちるだろうな、とふと思う。その表情を引き出せるその人はよほど信頼されているらしい。

彼女が目立たない格好をしているにも拘わらず、先ほどモテるような発言をしていたので気になっていたが、きっとこの笑顔が理由なのだろう。こんな綺麗な笑顔なら確かに惚れる人がいてもおかしくない。

「それは、よかったですね。いい友人が出来たようで何よりです」

彼女の性格は初対面の人には壁を感じやすいものであるので、こんな笑みを見せられるような人なら本当にいい人に違いない。祝福のつもりでそう言うと、柊さんは目をぱちくりとさせて固まった。

「友人……。こういうのを友人というのですね」

柊

誰に言うでもなくほんの少しだけ声を弾(はず)ませながらポツリと呟くと、柊さんは穏(おだ)やかに口元を緩めた。

「貸してくれてありがとな。相変わらずめっちゃ面白かった」

いつものように図書館に向かい斎藤に話しかける。最初こそ少し緊張していたが、何度も話しかけているうちにもう慣れた。礼を言って借りていた本を返すと、斎藤は俺を見てはぁっと小さくため息を吐いた。

「楽しんでもらっているのはいいんですが、何度も言っているように、ちゃんと寝て下さい。次の日に返すよう急かした覚えはありませんし、別に本は逃げたりしないんですから」

連日の寝不足のせいで隈が目元にあるのは気付いていたが、俺の顔はそこまで酷いらしい。心配と呆れが半々といった感じで言われてしまった。

「分かってはいるんだが四大欲求はなかなか我慢できないんだ」

「四大欲求？」

「ああ、食欲、性欲、睡眠欲、そして読書欲だ」

「真面目な顔で何を言っているんですか、あなたは」

馬鹿なんですか？　といった冷ややかな視線が突き刺さる。

「本好きなら分かるだろ？」

「分かりません」

「嘘だろ……」

信じられん。本当に面白い本に出会った時は、目は冴え冴えしているし、全然お腹もすかなくなる。そのぐらい読書したい欲求が強くなるのは、俺だけじゃないはずだ。

「そんなことが理解できなくて本好きでなくなるなら、別に本好きでなくて構いません。そもそもなんですか。四大欲求って」

はあ、と呆れたため息をまた吐かれる。

「とにかく、ちゃんと寝てください」

「はいはい、分かったよ」

「もう……ちゃんと寝ないようなら貸しませんからね？」

いつものように聞き流そうとすると、ムッとしたように眉を僅かにひそめて脅された。普通の本なら別に構わないのだが、あの本だけは特別だ。あの本を読めないなんて耐えられないので、屈するしかない。

「……分かったよ。今度からはちゃんと寝る」

「はい、素直でよろしい」

肩を落として俺が折れると、斎藤は満足そうに頷いた。

それからはいつものように彼女と離れて座って読書を始める。しばらく読書していたが、持ってきていた本を読み終えたので、何か新しい本でもないか探し回ってみることにした。

「あ」

ぐるぐると図書館を回っていると、斎藤の姿を見つけた。

斎藤はまだ俺に気付いておらず、本棚の一番上にある本を取ろうとしていた。だが、彼女の身長は平均より少し低いぐらいなので、本棚の一番上の本を取れるとは思えない。

片足立ちになって背伸びをし、足をプルプル震えさせながら手を伸ばすくらいなら、誰かに頼ればいいのに。彼女が一言頼み込めば、大抵の男なら首を縦に振るに違いない。それをしないのは彼女自身が異性を避けているからだろう。まあ、あの下心を含んだ視線で見られるくらいなら、俺だって避ける。

あと少しで届きそうだが届かず、彼女は指先だけを一冊の本に触れさせてなんとか試行錯誤していた。

（仕方ないな……）

あのまま彼女一人に頑張らせても本を取れるとは思えない。不必要に彼女と関わる気はなかったが、困っている姿を見つけて無視は出来なかった。それにこれまで何度も本を貸してもらっていたお礼も返せていなかったので、ここで多少なりとも手助けをしなければ男が廃るというものだろう。

隣に行ってヒョイッとおそらく目的のものであろう本を取ってやる。渡そうとして隣を見れば、ぱち、と彼女の黒い瞳が瞬く。驚いたようにも感心したようにも見えた。

「……別に横取りするつもりじゃないぞ？」

「それは分かっています。……別にあなたに取ってもらわなくても自分で取れました」

ツンとして冷たく言われるが、流石にそれは無理がある。見るからに大変そうだったし強がっているのは一瞬で分かった。

「……そうかよ。別に俺はいいけどさ、これからはもう少し素直になれば？」

「私が素直じゃないと？」

「そりゃそうだろ。今回だって強がってるのバレバレだっての。まあ、お前が異性を避けて素っ気ない態度を取っているのは分かるけどさ」

そう言ってやると、きゅっと口を結んで黙り込んだ。

普段の彼女の男に対する塩対応ぶりは噂になるほどだ。良くて無視。しつこければ毒舌で突き放す。言いよる男はたくさんいたが、その塩対応ぶりに半年で話しかける男はいなくなってしまった。多少でも甘える人の方が可愛げがあるが、彼女は誰かに頼るなんてことはしない。全部１人でやってしまう。出来てしまう。それだけの能力が彼女にはあるのだろう。それでも多少信頼できる相手が出来れば、そんな彼女でも少しは素直になるのだろうがそんな相手はいないらしい。まあ、今のままでも彼女には彼女なりの魅力があると思うので、俺としてはそのままでいいと思っているのだが。

　斎藤が口をつぐんだのを好都合だと思い、俺は取った本を彼女に押し付ける。

「ほらよ」

「……ありがとうございます」

　押し付けた本をおずおずと胸に抱いて、小さめの声でポツリと呟いてくる。そんな俯き加減に礼を言う彼女の言葉を聞き流してスタスタとその場を立ち去った。後ろで慌てたような気配がしたが、振り返るつもりはなかった。

　もう用事は済んだし、２人で話しているところを誰かに見られれば面倒なことになる。もともと彼女と俺は立場が程遠いので何か用事がなければ関わることはない。用事が済んだならとっとと離れるのが道理だ。彼女にも信頼できる相手が出来ればいいのだが。そんなことを立ち去りながらふと思った。

本を取ってあげた日から何日か経ったある日。この日もいつものように図書館へと向かう。見慣れた光景、ポツンと窓辺のところに斎藤は座っていた。

「ありがとう。今回も面白かった」

「いえ、どういたしまして」

近くにいって本を渡すとぺこりと頭を下げて礼をしてくる。ここまではいつも通りのことだったのだが、少しだけ違和感を覚えた。ふと斎藤の手元を見ると、教科書が開いた状態で置いてあり、その隣にはノートがあって何やらシャーペンで記述されていた。

「勉強してたのか？」

「はい、明日小テストなので」

「そんなのあったか？」

記憶をたどるがそんなことを言われた覚えはなかったので、少しだけ不安になる。忘れていたらかなりまずい。

「数学の小テストです。多分あなたのクラスとは担当の先生が違うので、そちらはないのでしょう」

「ああ、そういうことか」

斎藤の説明に納得しながら、見慣れない勉強をしている姿がなんとも興味深くて眺める。

その視線に気付いたのか少しだけ訝しむように目を細めてこっちを見つめてきた。

「なんですか？」

「いや、勉強をしている姿が新鮮でな。なんとなくずっと本を読んでいると思ってたから」

彼女が学業優秀な人物というのは噂で聞いていたが、俺の知る彼女はただの本好きのイメージしかなかった。勉強そっちのけで本を読み耽っているタイプの人だと思っていたので、少し意外だった。

「普段は家で勉強をしていますよ。あなたの方こそ、ずっと本を読んでいるんじゃないんですか？」

「まあ、最近はそうだな。あ、そこ間違ってるぞ」

たまたまノートに視線を落とした時、間違いに気付き教えてやる。そっと間違っている箇所を指差すと、斎藤は少し驚いたようにノートに視線を落とした。

「え？　あ、本当です……。もしかして意外と頭いいんですか？」

確かめるように計算し直すと、間違っていることに気付いたらしい。どこか驚いたような声を上げて、目を丸くしながらこっちを見上げてくる。

「別に。平均より少し上くらいだ」

本を読んでいると勝手に頭が良いイメージを抱かれがちだ。クラスでも本を読んでいるので、たまにテストの点数を聞かれたりする。そしてその時に点数を答えると、ちょっと意外そうな顔をされるのだ。なんか聞いてごめんね、的な気持ちが伝わってきてこっちまで申し訳なくなってくる。

だが、一つ言いたい。決して俺は頭が悪いわけではない。決して。

「それでも十分頭が良いと思いますけど。全然勉強している様子がないので、てっきり……」

「おい」

どうやら斎藤の中での俺はかなり頭の悪い方だと思われていたらしい。それはそれで複雑だ。

「きちんと勉強をこなしてこそ、集中して本を楽しめるんだ。テストはあるし、勉強を放置したらテスト期間中、本を読めなくなるだろ。そんなことにはならないよう、日頃(ひごろ)からちゃんと勉強はやってるさ。本を楽しむためなら勉強ぐらい余裕だ」

「ほんとあなたって人は……」

真面目に語ったというのに、やや呆れたようにため息を吐かれた。確かに自分が相当な本好きであることは自覚があるが、斎藤もなかなかのものだと思う。それなのに俺だけ変な奴みたいな扱いは少し納得がいかなかった。

「いや、そんな呆れているがお前も同じようなもんだろ。俺と同じくらいには本好きだろ」

「まあ、それはそうですけど……」

俺と一緒というのが不満なのか素直に認めようとはしない。まあ、そんな意地を張ったところで相当本が好きだってことはもうバレバレなのだが。

「本のどんなところが好きなんだ？」

これだけ本を好きな奴にこれまで出会ったことがなかったので、純粋にこれほど熱意を持って本を読む奴がどんなところに惹かれているのか興味があった。

「そう……ですね。色々理由はありますが、一番は本って色んな世界に自分を連れて行ってくれるそんな素敵なものだからだと思います。読めばその分だけ多くの世界に入っていける。こんなことができるものってなかなかないじゃないですか。だから、私は本を読むんだと思います」

「……なるほどな」

真面目な表情のまま、でも確かに感情が乗ったその想いは納得できるものだった。俺自身、斎藤が言うように新しい世界に触れたくて小説を読むことはよくある。もちろん、新しい世界と出会う方法は、映画や演劇なんかもあるが俺は小説のあの没入感が好きだった。

映画や演劇は目の前にあるものを眺めるだけで受け手に想像を託すものではないが、小説は全て、登場人物の顔から世界観、音、匂い、味など五感の全てを受け手に担わせる。あの想像の世界に自分がいる感覚が味わえるのはきっと小説だけだろう。だから俺も小説に、本に魅入られているのかもしれない。

「あなたはどうして本が好きなんですか？」

「俺か？　そう言われるとなかなか思いつかないな……」

斎藤に聞いた手前、なんとか頭を働かせるがなかなか理由が思いつかない。確かに斎藤が挙げた理由も納得がいくしとても共感出来たが、きっと俺が本を好きなのはそれだけではない。他にどんな理由があるか思考を巡らせていると、一つ理由が思い浮かんだ。

「ああ、多分、過去と今の時間が繋がるからなんだと思う」

「時間が繋がる？」

「ああ、過去に生きた人たち、そういう人とは絶対今会えないだろ？　でも、本を通すことでその人が生きた道や考え方、苦しみ、楽しみ、色んなことが伝わってくるから読むんだと思う。本を通して昔の人と同じ想いを感じている。そう思うと凄く本というのが素晴らしいものに思えるんだよな。そういうのって他のものでは出来ないから、本というもの自体が好きなんだと思う」

「なるほど……そういう考えもあるんですね」

どこか感心したようにポツリと小さく呟く。しみじみと感じるようなそんな声。どうやら意外な話だったようで、少しだけ驚いているようにも見えた。

「まあ、考え方は人それぞれだしな。俺みたいな感じ方をする人はそこまで多くはないと思うが、そう考えて読んでみると本をもっと楽しめると思うぞ」

「はい、なんというか思いがけない方向からの観点でしたので驚きましたが、すごい納得しました」

本について語れたことが嬉しいのか、無表情ながらもどこか満足そうだ。こんな表情をしてくれるなら語った甲斐がある。つい嬉しくなってさらに提案してしまう。

「あと、おすすめなのは作者について調べてから、その作者の本を読んでみるのも面白いぞ。その作品の裏側みたいなのを感じられたりするし」

「へぇ、それは楽しそうですね。今度やってみます」

「ああ、ぜひやってみてくれ」

悪くない。学校でも有名人の彼女と本の貸し借りをし始めた時は戸惑うしかなかったが、こうやって本について色々話せるなら少しは関わりを持ってよかったのかもしれない。これからも機会があればまた語ってみたいものだ。そう期待するくらいには今回の熱く語った話し合いは、意外と楽しく満足のいくものだった。

斎藤が本を好きな理由を知ってから数日。いつものように図書館を訪れる。

「なぁ、もしかして昨日帰る時、歩きながら本を読んでいたか？」

「ええ、読んでましたよ」

さも当然のような態度をする斎藤。俺の予想は当たっていたようで昨日見かけた後ろ姿は斎藤本人だったみたいだ。

「やっぱりか。良い本でも見つけたのか？」

「……はい。なんで分かったんですか？」

少しだけ驚いた表情。わずかに目を丸くする。

「俺もよくあるからだよ。新しい面白い本が見つかった時は待ちきれなくて、帰り道に読み始めることがあるからな」

「なるほど」

別に俺や斎藤だけではない。これは本が好きな人ならよくあることだと思う。期待していた新刊や読んでいた本の続刊が出た時、帰りの電車の中なんかで読んだ経験は誰にでもあることだろう。

「昨日たまたま見かけたんだが、よく本を読みながら歩いて家に帰れるな」

「慣れですよ。せっかくの空いた時間を無駄にしたくないので読んでいるんです。あなたもやってみては？」

　俺がかなりの本好きである自覚はあったが、彼女も相当な本好きらしい。俺が寝る間を惜しんで読むように、彼女も暇を見つけては読んでいるのだろう。まあ、彼女の場合は、学校では女子に囲まれて話している時が多いし、優秀な彼女のことだ、家では勉強しているだろうから、隙間時間を生かしているという方が近いか。

「やらねえよ。てか、お前も危ないからやめろよ。車に轢かれても知らねえからな？」

　昨日見かけた彼女の足取りが読書に気を取られているせいかふらふらと覚束なかった。ただそんな姿を見ては心配もしてしまう。余計なお世話かもしれないが、放ってはおけなかった。

「今まで何も問題起きませんでしたし、平気だと思いますが……」

　だが俺の心配をよそに、斎藤はそう言うだけで俺の忠告を聞こうとはしなかった。

　図書館の閉館時間になり、夕焼けで赤く染まった道を帰っていると、その途中で斎藤の姿をまた見つけた。

「あいつ、また本を読んで歩いてるな……」

どうやら、彼女の家と俺の家は同じ方向にあるらしい。関わるようになる前も何度か見かけていたし、彼女の生徒手帳も帰路の途中で拾ったのだから間違いないだろう。そんな彼女は危なっかしい足取りでゆっくりと歩いていた。あまりに夢中になっているせいか、歩くスピードはかなり遅く、しまいには止まる時まである。時にはふらふらと蛇行するように歩くので、見ているこっちがハラハラしてしまう。

話しかけて注意するか迷ったが、人気の少ない図書館とは違い、ここは外なので誰に見られているかも分からない。そんな状況なので話しかけるわけにもいかず、後ろをついて行く形になってしまった。

しばらく見守っていると、向こうから大型トラックが来ているのが目に入った。騒音を立てて進んでくるので流石に気付くと思ったが、前を歩く彼女は本を見たままで気付いた気配がない。

「おい！」

「きゃっ⁉」

慌てて駆け寄り、彼女の腕を引っ張り壁際に寄せる。少し乱暴な扱いになってしまったが、彼女の身体とトラックの間に自分の身体を滑り込ませるようにして安全を確保した。

エンジン音が遠のき、トラックが背後を通過するのを確認してほっと胸を撫で下ろしていると、普段より幾分か弱々しい声が聞こえた。

「………あの」

その声に正面を向いて斎藤を見下ろす。壁際に寄せられた斎藤は全てを理解したのか、申し訳なさそうに眉をへニャリと下げていた。

「だから、気を付けろって言ったんだ」

「……ごめんなさい」

「もう、いいよ、これから気を付けてくれれば。それより怪我はないか？」

「はい、平気です。わざわざ助けてくださってありがとうございます」

これ以上責める気はなかったので、そう聞いてみると礼を返された。もう少し注意してもよかったが、彼女が無事ならそれで十分だろう。

さっきまではひっ迫した状況だったので気付かなかったが、壁際に彼女を寄せ、その身体を守るように覆っているので壁ドンのような形になっていた。そんな体勢で至近距離からの上目遣いとなっているので、一度気付いてしまうと非常に落ち着かなくなってくる。

いつも以上に近いことで長い睫毛やきめ細かな肌、うっすら香る斎藤のフローラルな香り。その他諸々の情欲を駆り立てるような刺激が一気に五感をくすぐってきた。

ただでさえあまり女に縁がないのだ。こういった距離はとても心臓に悪い。それに加えて美少女と密着しているのはいくら双方に恋愛感情がないとはいえ、流石にあまり良くない気がする。彼女はこの体勢を意識していないようなので、そっと肩を掴んで彼女を剥がし、顔に羞恥がのぼる前に急いでパッと離れた。

「……これからはやめろよ？」

「はい……もうしないようにします」

幸いなことに、彼女は俺の動揺には気付かなかったらしい。彼女は特に気にした様子もなくいつも通りの淡白な無表情を見せていた。まあ、あれだけモテる斎藤がこれくらいのことで動揺する筈もないだろう。ただ、あまりに平然としている彼女につい苦笑してしまう。

「ち、近かった……」

自分の気持ちを落ち着けるのに必死で、彼女のロングの黒髪に隠れた耳がほんのりと朱に染まっていることに気が付かなかった。

その後、心を落ち着かせ冷静さを取り戻し２人で帰り道を歩く。助けた時点で別れれば良かったのだが不覚にも動揺していたせいで、別れるタイミングを逃してしまった。一緒に帰るなんてことは一番避けるべきことなのだが、こうなってしまっては仕方がない。せっかく学校一の美少女と一緒に帰れるのだ、その幸運に感謝でもしつつ楽しむとしよう。

周りに人がいないか気を配りつつ歩き続ける。しばらく歩いていると、突然斎藤が足を止めた。

「どうした？」

突然止まったので何事かと思い彼女の方を向くと、立ち止まった彼女は何かをじっと見つめている。その視線の先には、ここら辺では有名なアイス屋さんがあった。

「食べたいのか？」

「えっと……はい。でもああいったものはあまり食べたことがないので……」

食べたそうにアイス屋を見ていたのでそう尋ねると、驚きの言葉を口にした。

「は？　アイス食べないのか？」

「いえ、あまり外出して遊ぶことがないので、外でアイスを食べる機会がないんです」

その返事を聞いて妙に納得した。確かに俺自身もあまり外出はしないので、外で何かを食べるといった機会は少ない。ただ、それでもたまには友人と出かけて食べるので、それすらしたことがない彼女の境遇が少しだけ不憫に思えた。

クラスでは多くの女子と話してはいるが特定の誰かと親しくしている様子を見たことが

ない。彼女の容姿や学力の優秀さ、そういったものしか見ないで近づいてくる人しかいないのかもしれない。だが彼女の性格、中身を見て親しくしてくれる人は必ずいるはずで、そういった人に早く出会って欲しいものだ。

「……そうか、じゃあ、いい経験になるんじゃないのか？　ほら、行こうぜ」

今すぐにそんな親友なんてものは見つかるはずもないので、せめて今は楽しんでもらおうと彼女を連れてアイス屋へと向かった。このアイス屋はこの地域では結構有名な店で、色んな種類のアイスがあり、さまざまなトッピングも出来るので彼女の気に入るものもあるだろう。

連れて行ってメニュー表の前に立たせた斎藤はじっくりとメニューを吟味している。透明感のある黒い瞳はきらりと輝き、楽しそうにさまざまなアイスの写真を見ていた。いつもは無感情で素っ気ない斎藤だが、今日はほんの少し表情が緩んでいるように見えた。

（良かった、楽しんでくれているみたいだ）

そわそわとして普段より幾分か忙しない彼女は、少しの間じっと真剣にメニューを見つめ続けた。そこまで真剣に悩む必要があるのか分からないが、彼女が楽しんでいるなら、まあいいだろう。

「決めました。これとこれにします」

じっくりと考えた末に、斎藤は二種類のアイスを指差した。

「まあ、いいんじゃないか？」

俺もそこまで詳しくはないのでなんとも言えないが適当に頷くと、ほんのり嬉しそうに口元を緩ませて瞳を輝かせる。そんな姿に苦笑しつつもレジで自分の分と彼女の分を注文する。少し待つと自分の番号を呼ばれたので二人分を貰いに行った。

「ほらよ」

「ありがとうございます」

貰ってきたアイスのうち、彼女の分のアイスを渡してやると、斎藤はいつになく顔をぱあっと輝かせた。

「んー」

二種類のアイスをどちらから食べるか迷っているらしく、二つのアイスの間でスプーンを行き来させていたが、初めは王道のバニラに決めたらしい。プラスチックのスプーンで少しだけ掬って、小さな口に入れた。

「……っ！」

一瞬、驚いたように目を丸くする。だがすぐに、美味しそうにへにゃりと目を細めて微笑んだ。その可愛さに思わず見惚れてしまう。

「……なんですか？」

じっと見過ぎたらしい。さっきまでの幸せそうな表情は無表情に戻り、眉をほんのりとひそめて睨んできた。

「いや、アイス好きなんだなと思ってな」

「……別に普通です」

せっかく可愛らしいと思っていたのに、すぐツンとした態度になるのは相変わらず可愛げがない。

「相変わらず素っ気ない奴め」

「別にいいでしょう？　それとも甘えた姿でも見せて欲しいのですか？」

「いーや、そのままでいいよ。その塩対応にはもう慣れたしな」

冷たい声でそう言われれば、冗談でも見せて、なんて言った日にはなにを言われるか分からない。彼女の甘えた姿をもっと見てみたい気はしなくもないが、別に今のままで十分魅力的だ。

「塩対応が怖くて多くの男子は話しかけにいかないが、俺は今のままが一番いいと思うぞ」

「素っ気ないのに？」

「意外と気にしてたんだな。……まあ、なんていうかきちんと接すれば、お前がいい奴なのは分かるから、別に塩対応でも全然問題ないって話だ。そのうちこうやってアイス屋に一緒に来る友人もできるだろ」

俺の言葉にきゅうっと口を窄めて小さくうつむく。そこから上目遣いにこちらを窺うように見て、弱々しい声を漏らした。

「……出来ますかね？」

「じゃあ、出来なかったらその時は俺が一緒に行ってやるよ」

少し不安げな声で尋ねてくるので気休め程度になればいいと思い、そう言ってやる。

「……では、その時はお願いしますね」

俺の言葉を聞いて一瞬、きょとんと目を丸くして固まる斎藤。その後クスッと笑ってほんのりと優しく微笑んだ。

斎藤side

（ああ、やっぱりこの人は……）

不器用な彼らしい優しさが少し可笑しくて心が温かくなった。嬉しくて、でも少し泣きそうで、つい笑みが溢れ出てしまった。

最初はただの変な人だと思っていた。一切自分には興味を示さないし、むしろ避けようとさえしてくる人なんて初めてで、少し戸惑ったのを覚えている。

生徒手帳を拾ってもらったお礼を渡して、もしかしたらお礼に託けて近づいて来るかもしれないと思ったら、あっさりと帰って行ったことはまだ記憶に新しい。私の警戒が肩透かしに終わり、呆気に取られて彼の後ろ姿を見送ったのは今でも印象が強い。あんなのはこれまでなかったことなので忘れられない。

あの時はもう関わることなんてなく、これで終わる関係だと思っていたけれど、その後にまさか本の貸し借りをする関係になるとは思わなかった。彼が本好きだなんて知らなかったし、私の大好きな小説を読んでいたのでつい話しかけてしまった。

異性にわざわざ自分から声をかけるなんて自分らしくない。勘違いされないように男子とは距離を置いているのだから、普段の私だったらあんなところで声なんてかけようと思わなかっただろう。今思えば、あそこで声をかけたのは、彼が変な人だったからかもしれない。少なくとも第一印象で私に興味を持っていない人なのは分かっていたので、その分警戒が薄くなっていたのだと思う。

結果としてあの時、声をかけてよかった。学校の姿の私を異性として意識しないで話してくれる男子なんて学校で初めてだし、本好きで話も合う。そんな初めての本好きの友達である彼は私のお気に入りの本を読んで楽しそうに感想を語ってくれる。自分が大好きな本についての感想をあんなに楽しそうに語られれば、聞いていてこっちも嬉しいので本を貸すのは全然苦じゃなかった。

あそこまで純粋に本が好きで楽しんでくれる人は新鮮だ。話せば話すほど彼は不思議な人だと思う。私に興味を示さず、ただ本を楽しそうに読んで感想を聞かせてくれる人で、感想を語る時に目を輝かせて嬉しそうに表情を緩める姿が凄く印象的な人だ。彼は異性の下心というのを私に向けてこないので、裏を考える必要がない。純粋に私を本好きの人とだけとらえているので、だからこそ話していて心地よく、ストレスだったり疲れたりしないのだろう。そのおかげで一緒に話していると少しだけ気を抜けるので、本当に彼と出会えてよかった。

彼と出会ってもうかれこれ一ヶ月近く経ったけれど、最近彼が優しい人なのだと気づいた。最初こそ愛想の悪い変な本好きの人だと思っていたけれど、それは違った。彼的には素っ気なくしているつもりなのかもしれない。でも本当は不器用で口が悪いだけで人が困った時に助けてくれる優しい人だと思う。

最近で覚えているのは、本を取ってくれた時。あの時、私は本棚の一番上の本が欲しくて、でも届かなくて困っていたら後ろからその本を取ってくれた。それまではただ本が好きな変な人だと思っていたから、あんな優しくしてくれるなんて思いもせずとても意外だった。本を取ってくれた時はあまりにも意外でつい彼のことをガン見してしまったのを覚えている。なぜか彼はその時、ばつの悪そうな表情をしていたけれど。

他にはついさっき危なかった時に身を挺して守ってもらってしまった。いつものように本を読みながら帰り道を歩いていたら、トラックが来ているのに気付かなかった私を道端に引っ張ってくれたのだ。柔らかい、それでいて思いやる気持ちがのった温かい声で「怪我はないか?」と言われたのがずっと耳に残っている。本当に私のことを想って心配してくれている、それが伝わってきて無性に嬉しくなってしまったのも記憶に新しい。普段の素っ気ない感じじゃなくて、気にかけて心配してくれている優しい雰囲気。真摯に心配してくる彼の目線はとても綺麗だった。

その後に壁ドンのような体勢になっていて、彼を少しだけ意識してしまったのは秘密。普段はまったく異性として意識しない相手だけれど壁ドンはちょっと無理だった。至近距離で見つめ合った時の彼の顔は今でも頭から離れない。彼のことを人畜無害のただの人だと思っていたけれど、意外と力があったし、それに普段は座って話すことがほとんどだから気付かなかったけど、意外と身体が大きかったこともあの時気付いた。彼も男の子なんだ、なんて当たり前のこともあの時改めて実感した。


「どうした？　スプーン止まってるぞ？」

「あ、いえ、少し考え事を……」

「そっか、まあ早めに食わないと溶けるから急げよ」

「分かりました」

どうやらこれまでを思い出していたらぼうっとしてしまったらしい。彼に声をかけられて、急いでアイスを一口食べる。うん、やっぱり美味しい。ふわりと柔らかな風味が一気に広がり、アイスが口の中で溶けていく。あまりの美味しさについ口元が緩んでしまう。アイスの美味しさを味わいながらちらりと隣に座る彼を盗み見ると、彼も美味しそうに食べていた。その横顔にふと、さっき言われたセリフが頭の中で蘇った。

『塩対応が怖くて多くの男子は話しかけにいかないが、俺は今のままが一番いいと思うぞ』

まったく、あんな言葉を言うなんてずるい。本当に卑怯だと思う。その言葉は今まで求めていたもので、誰にももらえなかったものだ。外側じゃなくて私の中身を見て受け入れてくれた、その証の言葉。

ぶっきらぼうな言い方だけれど、どこか優しい温かい声。ふわりと包み込まれるような柔らかさ。頭の中で繰り返された彼の言葉がじんわりと心に染み込んでいく。

（ああ、まったく、もう。いつも助けてもらってばかりだ）

本当になんでこの人は私が必要としている言葉をくれるんだろう。困った時は助けてくれるし守ってくれる。どれも全部初めてだ。本について色々話し合うのはとても楽しいし、一緒にいて心地良い。気を張らずに済むしリラックスできる。こんな関係も初めて。

本当に良い人だ。男だからとかそんなの関係なく、人として純粋に良い人だと思う。本当にこの人と出会えて良かった。彼の横顔を見ながら強くそう思った。

あの一緒に帰った日以来、ほんの少しだけ斎藤の俺への警戒が弱くなった気がする。それでもいつも通り素っ気なく無愛想なのは変わりがないので、特に距離が近付くということはなく、今まで通りだった。図書館以外では特に話すことはないし、図書館で本を渡す時でも感想を言い合い、たまに世間話をするくらいで実に淡白な関係のまま。まあ、本の貸し借りをする関係自体が特別といえばそうなのかもしれないが。

この前も本を返す時にちゃんと寝なさい、といった旨の注意を受けた。相変わらず素っ気ない言い方だったが、彼女なりに自分のことを心配してくれているのだろう。もちろん一度は頷いた手前、約束を破るわけにもいかず最近はちゃんと寝るようにしている。そのおかげで寝不足に陥ることなく、しっかりと熟睡していた。

今日も本を返しに図書館へ向かっているとスマホに電話がかかってきた。

「…………はい、分かりました。行けます。はい。じゃあ、今から向かいます」

どうやら、バイトの人が一人急に休むことになったらしく、その代わりに入って欲しいといった内容だった。別段特に本を返すこと以外に用事もなかったので了承する。出来るだけ早くきて欲しいと言われたので、急いで用事を済ますため図書館へと早足で向かった。

図書館に着き扉を開けて中に入る。斎藤は図書館のいつもの定席に座っていて、こちらを見ていた。

「本、ありがとな」

「どういたしまして。それにしてもそんなに急いでどうかしたんですか？」

俺が慌ただしく図書館に入ってくるのに気付いていたらしい。目を少し丸くして驚いたような声で尋ねてきた。

「ああ、この後少し用事があってな……」

「なるほど、そうでしたか。はい、これが次の巻です」

用事のことを聞かれるかもと思ったが、俺の警戒をよそに追及してくることはなく、いつものように新しい本を渡してくる。ありがたく受け取った俺は、さも当然のように渡してくる彼女への感謝の想いをつい零してしまった。

「……ほんとにありがとな。こうやってわざわざ毎回本を持ってきてくれて。まじで感謝してる」

「いえ別に。私が勝手にやってるだけなので気にしないでください」

「気にするなと言われてもな……」

これだけのことをしてもらって、気にしないわけがない。こんな面白い本に出会わせてくれたし、何より連日続けているのは流石に申し訳なさも感じている。だから少しでも感謝を示したかった。今後なんらかの機会に彼女には贈り物でもしてみようか。甘いものは好きみたいだし、食べ物なら受け取ってもらえるかもしれない。

「……なあ、なんでこんなに俺にわざわざ本を貸してくれるんだ？　異性は避けてるんだろ？　それなのにこうして貸してくれる理由ってなんだ？」

本に夢中であまり気にしないようにしていたが、どう考えても今の関係は異常だ。バイト先でこそ多少は身なりが良くなったものの学校ではこれまで通り、野暮ったい格好であるし、わざわざこんな奴に関わってこようとするなんて訳が分からなかった。

さらに今でこそ、話すのが当たり前の関係になっているが、本を貸してもらった当初はほぼほぼ初対面だ。普通、そんな奴に物を貸したりしないだろう。しかもそれが異性には塩対応で有名な彼女なら尚更だ。

俺の疑問に斎藤は少し考えるように顎に指を当てる。真剣な眼差しを床に落としながらほんの少しの間黙る。それからポツリと言葉を零した。

「そうですね……顔を知ってる人で初めて出会った本好きの人でしたし、読んだ感想を語り合うのが楽しかったというのが大きいですね」

「そう……なのか」

　自分も周りにあまり本を読む人がいないので、何かの本について感想を語り合うのは初めてだったが、とても楽しかった。相手も同じように感じてくれていたことを知り、ほんの少しだけ嬉しくなる。つい口元が緩みそうになり引き締め直していると、彼女はさらに言葉を続けた。

「それに……」

「それに？」

「あなたが純粋に私の貸した本を楽しんでいるのは、見ていれば分かりますし、何も勘違いせずにただの本好きとして私と接してくれるので楽というのもありますね」

「まあ、そりゃあ勘違いなんかしねえよ。そんな変な勘違いをして、このシリーズの本を借りられなくなる方が辛いしな」

「まったく、そういうところですよ」

　俺は真剣に話したというのに、なぜか可笑しそうに少しだけ口元を緩めてクスッと笑われてしまった。やはり表情自体はいつもの無表情であったが、緩められた小さな微笑みは、彼女の容姿と相まってとても目を惹く。

「そういうわけですので、今のままでお願いします」

「りょーかい。まあ、これからもよろしくな」

「はい、よろしくお願いします」

この本のシリーズが終わるまで。それまでは今の関係を続けるとしよう。そう思いながらバイト先へと向かった。

斎藤には非常にお世話になっているので何かお返しをしたかった。そこで思いついたのは彼女が親友と呼べるような人物を作れるよう手助けすることだった。
だが、思いついたはいいもののどうやって手助けをしたらいいか分からない。なにか参考になるものがないか考えたときに、バイト先の彼女のことを思い出した。彼女にはどこか学校一の美少女の斎藤と似た雰囲気がある。彼女の話を聞けば、何かしらのヒントを得られるかもしれない。

柊さんに話しかける。今ならバイトが終わった後なのでちょうどいいだろう。話しかけられた柊さんはこてんと小さく首を傾げた。

「柊さん、少しいいですか？」

「はい、なんでしょう？」

「柊さんって親友と呼べるような人とかいますか？」

「……はい？　突然なんですか？」

　どこか警戒するような声。話し出してから思ったがさすがに話の内容を飛ばしすぎた。慌てて俺は彼女の警戒を解くべく、どうしてその質問に至ったのか、その経緯を説明した。

「あ、いえ、実は…………」

「なるほど、そういうことでしたか。それなら先にそう説明してください。急に質問してくるから驚きましたよ？」

　はぁ、と小さく息を吐いて呆れるように言ってくる。

「それはすみません」

「まあ、いいでしょう。結論から言うと私にはそこまで信用できるような人はいませんね。友人付き合いはしていますが、特定の誰かと親しくしたことはこれまでありません」

　ツンとした冷めた声でバッサリと切り捨てるように言う柊さん。どこか苦虫を噛み潰したように眉をひそめる。

　彼女の返答はある意味予想通りだった。バイトでしか話さないので、それ程彼女のことを知っているわけではないが、それでも何度も同じ仕事を一緒にしていれば必然とある程度の性格は分かってくる。無愛想で警戒心が強く、人見知りをしがちなのは、教育係として教えてもらうようになってすぐに察した。

　そんな彼女に沢山の親友がいるとは思っていなかった。もし1人でも親友に近い人がいたらその人について聞いて参考にしようと思ったのだが、どうやらいないらしい。

「そうですか……」

「ただ……」

「ただ？」

　いないみたいなので、彼女の話を参考にするのを諦めようと思ったのだが、彼女が何か言いかけたので聞き返す。

「前に助けてもらった人、知ってますよね？　もし、親友になりそうな人という意味でならその人かな、とは思います」

「その人ですか？」

「ええ、あの人は今までで一番気を遣わずに話せる人ですし、素の自分をそのまま受け入れてくれている気がするので話していて落ち着くんです。まだ出会ってからそれ程経っていないですし、ああいった感じの人は初めてなのでまだ分かりませんが……」

前の時よりもさらにふんわりと柔らかな雰囲気になって、温かな声で想いを零すように呟く柊さん。普段のきつい態度と異なるギャップに思わず目を惹きつけられる。彼女の言葉の端々からその人に対して心を開いているのが伝わってきた。

（おお、これは……）

ほんのりと口元を緩ませ、ふわりと花が舞うように微笑んだ姿はとても魅力的で、その話し振りから前より幾分か信頼し、仲が深まったことは容易に想像出来た。友人か異性としてかは分からないがどこか好意を寄せているようにも見えた。

「……いい人と巡り合えましたね」

「はい、あまりあなたの参考にはならなそうですけど」

「まあ、そうですね」

期待していたものとは違い、二人で見合って苦笑するしかない。結局、信頼出来るような人物というものは、偶然的な要素が強く、俺がどうこうしようとしたところでどうしようもないのだ。斎藤には自分で頑張ってもらうとしよう。

「まあ、田中さんがあまり気にする必要はないと思いますよ」

「そうですか?」

「はい。田中さんがそうやってその人のためを思いやっていることはきっと相手にも伝わっているでしょうし、もしそれでも何かしたいというなら、田中さんがその人のそばにいてあげて下さい。それがきっとその人にとって一番嬉しいことだと思います。思いやってくれる人が近くにいるととても救われるんですよ」

そう……なのだろうか? 俺が一緒にいたところで何かしてあげられる訳でもないし、別にメリットがある訳でもない。ただ、この前感想を語り合うのは楽しいと言っていたし、もしかしたら斎藤にとって救いになっているのかもしれない。そのぐらいなら俺でも相手を務められるし、当分はその役目を全うすることにしよう。そう決める。

「……なるほど。分かりました」

「田中さんにとってその人は親友じゃないんですか?」

「どう……なんですかね。親友どころか友人かどうかも怪しいと思いますけど。まだ知り合ってそれほど時間が経っていないし」

彼女にとって俺は一体なんだろうか? 確かに以前より話すようにはなったし、ほぼ毎日、本の貸し借りで顔を合わせている。感想を語り合うのは楽しいし、それは向こうも思ってくれている。ここまで揃えば友人といってもいいのかもしれない。

「なに言っているんですか。それだけ心配できる関係がただの他人な訳がないでしょう。もう友達だと思いますよ」

「そう……だといいですけど」

ただ純粋な本友達として向こうも思ってくれていたらいいな。そう思った。

「今日、隣のクラスも調べ物学習があるらしいぜ？」

「まじかよ、じゃあ斎藤さんもいるんじゃね？」

「まじで可愛いよなー、話しかけるのは怖くて無理だけど見るだけで眼福」

「それな」

特段小声という訳でもなかったのでクラスメイト達の会話が聞こえてきた。

今、放課後ではないにも拘わらず、図書館へ向かっている。というのも、授業の一つで調べ物学習というのがあるからだ。その名の通り、図書館を利用して資料を調べて発表する授業なのだが、スマホがあるこの時代にネットを利用しないなんてのはいささか時代遅れな気がしてならない。まあ、不満を零したところで変わる訳ではないので、大人しく授業のために図書館へと移動していた。

「斎藤さん、相変わらず人気だね」

「そうみたいだな」

さっきの会話が聞こえていたらしい。和樹がどこかしみじみとした口調で話しかけてきた。

「まあ、分からなくはないけどね。可愛い子は見るだけで癒されるし」

「この女好きめ」

「いいじゃん。女の子を見て癒されるのは男の本能なんだから。湊だって可愛い子を見るのは幸せになるでしょ？」

「はっ、新刊の本を見たときの方が遥かに幸せになるな」

「この本バカ」

「うるせ」

結局、俺達はどこか似たもの同士なのかもしれない。片や女好きで、片や本好き。いや、女好きと本好きはどう考えても女好きの方が酷いだろう。うん、こいつと一緒とか嫌なので今のはなし。

ふと女好きのこいつは斎藤のことをどう思っているのか気になった。色々な女の子と仲の良いこいつだが斎藤の話はあまり聞いたことがなかった。

「……お前は斎藤を狙わないのか？」

「うーん、僕は見てるだけで十分かな。斎藤さんは近づいても避けられるのが目に見えているしね。あの人は見た目しか興味ない人とは絶対親しくならないよ」

「ふーん、まあ、確かにお前は一番嫌われるタイプだろうな」

「でしょ？　まあ、分かってるから近づく気はないよ。見てるだけで十分癒されるし」

和樹は少しだけらしくない苦笑いを浮かべて肩を窄める。

「本当に斎藤さんはモテるからね。知ってる？　最近はサッカー部の三年の部長に言い寄られてるらしいよ。凄いカッコいいって有名な人なんだけど」

最近男子はあまり近寄らないと聞いていたので、和樹のその言葉は意外だった。あんな冷たいと噂されてるのに近づくとは、よほど神経が図太いのだろう。あるいは自信満々なのか。

「そうなのか、そんなにカッコいいのか？」

「まあね。運動部で部長ってだけでカッコよく見えるものじゃん？　それなのに、実際顔もイケメンだからね。かなりファンはいるんじゃない？」

「ほんと、よくそういう情報集めて来られるな」

「今回は別に集めてないよ。湊がそういうのに興味がなさすぎるだけ」

呆れたようにため息を吐かれるが、そんな反応されるのは心外だ。別に周りの関係ある人でもなく、学年も違ければ知らない方が普通だと思う。

「うるさいな。それで結果は？」

「全然、全く相手にされてもいないみたい」

「まあ、そりゃそうだろうな」

案の定、といった結果だった。和樹でさえ近づけないのだから、顔が良くたってそう親しくなれるものではない。むしろ近づけばより警戒心を強めるだろう。

「他にも言い寄ってる人はいるのか？」

「うーん、今はいないと思うけど。そういう話は聞かないし。やっぱりこの一年で斎藤さんの塩対応は有名になったからね。あそこまで異性と距離を置かれたら、誰だって遠慮はするでしょ」

「普通そうだよな。そのサッカー部の先輩がおかしいだけか」

「まあ、モテる人だし自信があったんじゃない？　見事に玉砕してるけどね」

「それは分かってたことだろ。仕方ない」

　噂としての斎藤というのは少しだけ知っていたもののあまり詳しくはなかった。だが実際に和樹から斎藤の話を聞くと、斎藤がどういう評価を受けているのか改めて実感した。

「前から思ってたんだが、相手の女子を一人に絞らないのか？」

　こいつとは高一の時に同じクラスになったことがきっかけで話すようになったが、その時からこいつは色んな女の子に手を出していた。一年以上経って落ち着くと思ったが特に変わることなく、今でもチャラいまま。同じくモテる斎藤は異性から距離を置き一切そういう噂を立てさせないでいるのに。和樹はあえて近づいてくる異性全員を受け入れているように思えてならない。ふと、なぜそこまで色んな女の子に手を出すのか気になった。

「えー？　そりゃ可愛い女の子が沢山いるんだもん、選べないよ」

　だがその返事は、いつものふざけたようなはぐらかすような軽い言葉。普段ならそれ以上踏み込まないのだが、つい気になった衝動でさらに踏み込んでしまう。

「選べないって。じゃあ、好きな人はいないのか？」

「いないね。自分を好いてくれる人を受け入れてるだけ。いいじゃん、それでみんな笑顔になるんだから」

「中学の時も？　一人も？」

「……ああ、うん、中学はね、一人いたんだけど上手くいかなくて、それっきりだね」

どこか言いにくそうにしながら迷うようにして教えてくれた。ほんの少しだけ影を落とし、いつもの笑顔から本音が漏れ出たように見えた。

ああ、そういうことか。誰にだって過去はある。今まで歩いてきた道がある。もしかしてその人がきっかけなのかもしれない。こいつはこいつなりに苦労してきたのだろう。そう思うとそれ以上踏み込む気にはなれなかった。

「……そっか。お前が今現在を満足してるならいいんだ。まあ、女子に手を出すのほどほどにはして欲しいけどな」

「はーい。湊のそういうところほんといいよね。湊と知り合えて良かったよ」

「なんだよ、気持ち悪いな。別に普通だっての」

いつものからかう笑みじゃなくて、にひっと無邪気などこか少年っぽい笑顔で笑いかけてくるので、つい冷たく接してしまう。

まったく、そういうなんでも見透かしてくるところが嫌いなんだ。はぁ、と思わずため息を吐く。

「まあまあ、褒めてるんだからいいじゃん。最初会った時も湊の見た目で判断しないところに救われたし。絶対湊のそういう良いところ気付いたら、女の子は惚れるね。というより僕が女子だったら惚れてた自信がある」

「ほんとやめてくれ。お前なんてこっちからお断りだ。そんな自信はドブにでも捨ててくれ」

「ひどいなー」

だいたい出会った時のあれはたまたまだ。別に和樹を思いやって言ったつもりはなかった。ただ俺の言葉が和樹の求めていたものだったというだけだろう。その偶然が良かったかどうかは未だに分からない。妙に懐かれて今では仲良くなったが、やっぱりうざいし絡みが面倒だし。でもまあ、悪くはないと思うが。

もうあれから一年が経つのか。過ごしている間は長いように感じたが振り返ってみると本当に短く感じる。久しぶりに一年生の時のことを思い出して、少しだけ懐かしくなった。


しばらく和樹と話していると、図書館へとたどり着く。

「へー、こんなところにあったんだ」

「知らなかったのか？」

「そりゃあ、使う時がないし。ほとんどの人が知らなかったんじゃない？」

俺と斎藤が頻繁に利用しているだけで、本当にこの図書館は人気がないらしい。ただ今日は図書館へと入ると、普段は人気がないはずの館内は少し騒々(そうぞう)しく、ちらほらと人が歩いたり話したりしている姿が目に入った。さっきのクラスメイトが言っていた通り、別のクラスも調べ物学習でこの図書館に来ているらしい。クラスメイト以外のあまり見ない顔がいくつも目に入る。普段と異なる図書館の雰囲気に違和感(いわかん)を覚えながら、資料を探し始めた。

　元々発表するテーマは決めていたので、それに関連した資料を集めてさっさと席に座る。既(すで)に多くの人が席に着いていて、空いている席は少なくなっていた。もしゆっくり探し物をしていたら座れなかったかもしれない。座れたことにほっと一息をついていると、ふとさっきまでのクラスメイトの会話を思い出した。

（あいつ、いるのか？）

　隣のクラスらしき人達が何人もいるので、彼女(かのじょ)もいるだろう。少しだけ気になりこっそりと周りを見回してみると、人が沢山いても際立(きわだ)って目立つ容姿の少女が右斜め奥のテーブルに座っているのを見つけた。

　普段見かける彼女は本を読むとき本当に楽しそうに表情を綻(ほころ)ばせているのだが、今日の斎藤は少し眉を寄せてどこか険しい顔で本を読んでいた。どうしたのだろう？　と思うがすぐにその理由は察せられた。周りを見れば、資料を真剣に読んで座っている斎藤に多くの男子が視線を送っている。人の視線が気になる状態で本を読むのに集中できる訳がない。それも好奇に満ちた視線だ。なおさら不快だろう。険しい表情になるのも仕方あるまい。それにしてもあんな睨むような表情でも、ただ読んでいるだけで様になって見えるので美少女というものは得なものだ。

　斎藤に目を向けたのはほんの一瞬だったが、たまたまそのタイミングで顔を上げた彼女と視線が交わる。すると、さっきまでの険しい表情をほどいて、彼女はほんのりと口元を綻ばせた。

「え、嘘、笑った⁉　おい、今、斎藤さん笑わなかったか？」

「悪い、見てなかった。だけどどうせ見間違いだろ。塩対応で有名な斎藤さんだぞ？　無表情以外誰も見たことないのにこんなところで笑うかよ」

「本当なんだって！　今、絶対笑ったんだって！」

　俺の隣に座っていた奴も彼女の笑顔を見たらしく、必死にそいつの友人らしき人に話しているがその友人は鼻で笑って全然信じようとしない。当然と言えば当然か。あの彼女が笑うなんて誰も想像がつかないだろう。俺も最初見たときは同じように驚いたものだ。まさかあんな柔らかく微笑むなんて想像もつくはずがない。あの頃に比べれば、表情が豊かになってきたので多少は心を許してくれているのだろうか？

　こんな学校一の美少女と関わりを持っていることに未だにしっかりとした実感を持てず、もう一度だけ彼女の方を見てしまう。既に彼女はまた本に視線を落としていて、普段の無表情に戻っていた。


「今日はまだ来ていないのか……」

　いつものように本を返しに図書館に入ると俺より先に来て座っているはずの斎藤の姿はなく、ガランと人気の無い寂しい雰囲気が漂っていた。彼女が先にいないことに少し違和感を覚えながら持ってきた本を読んで待つことにした。

「お待たせしました。これ、今日の本です」

「ああ、ありがとう……？」

　しばらく待っていると声をかけられた。顔を上げれば斎藤の姿があったのだが、少し違和感を抱く。どこが違うかと言われると言葉に困るが確かに雰囲気が違う。いつものトゲトゲしさが減っているようなそんな雰囲気。

「……なんですか？」

彼女の声はいつものようにツンとした冷たい感じだが、どこか弱々しい。明らかに彼女がおかしいことだけは一瞬で分かった。

「なんか、今日のお前おかしくないか？」

「……別に普通です」

いつも通りの対応をしようとしているのは伝わってくるが、強がっているのは丸わかりだ。もう少し詳しく聞くか迷ったが、声を硬くして俺を遠ざけようとしてくるので彼女としてはあまり聞かれたくないのかもしれない。だが最後にやっぱり彼女の様子が気になり、改めてもう一度彼女を見て彼女の様子が変化した理由を察した。

「なあ、お前、体調悪いだろ」

「え？　なんで……」

俺の言葉を聞いて、驚きに表情を染める斎藤。どうやら当たりだったらしい。潤んだ瞳。いつもより薄く紅潮した頬。熱っぽい弱々しい声。これだけ揃えば予想するのは容易かった。

「お前の様子を見れば分かるって。体調悪いなら休んでろよ」

「でも、本を渡すのを約束していたので……」

俺との義理を果たそうとやってきてくれたのだろう。その真面目さは彼女の美徳だが少しは自分自身のことも考えて欲しい。体調を気遣うと、しゅんとして少し落ち込んだように俯いてしまう。瞳が潤んでいる原因が熱のせいとは言え、そんな濡れた瞳で上目遣いに見られれば罪悪感が襲ってくる。いつもならもっと刺すような言葉を吐いてくるはずなのに、弱っているせいか全く張り合いがない。いつもと違う彼女に慌てて取り繕った。

「あ、いや、本はありがとな。でも、まあ、なんだ……無理はしなくていいから」

「……分かりました。じゃあ今日はこれで失礼します」

「大丈夫か？　手を貸そうか？」

「別に平気です。いりません」

ふらふらと少し足元がおぼつかないので声をかけるが、相変わらずツンとした声で断られてしまった。彼女はそう言うが心配なので図書館を出て行くまで見守っていると、「きゃっ」と声を上げて転んだ。

「まったく、ほら、保健室まで肩を貸すよ」

「……すみません」

「別に気にすんな。病人を放っておくのが嫌なだけだから」

相変わらず頼るのが下手な奴だ。少しくらいはこっちを当てにしてもらってもいいのに。本の貸し借りで面倒をかけているのだ。これくらいのことはさせて欲しい。手を引っ張って立ち上がらせ、肩を彼女の高さに合わせて構える。だが、彼女は立ち尽くして俺の肩を借りようとしてこない。

「どうした？」

「私と一緒に移動したら目立ちますよ？」

どうやら俺が彼女と一緒にいるのを誰にも見られないよう、人目を避けていたことに気付いていたらしい。彼女はなかなか鋭いので当然と言えば当然か。

「別にすぐそこだし、放っておくほうが俺の良心が痛むんでな。ほら、早くしろ」

実際はそこまで近くないし、見つかったら噂になるのは間違いない。それは面倒で避けたいが、さすがにお世話になっている人を捨て置けるほど人として腐ってはいない。これ以上押し問答をするのは嫌だったので急かすと、彼女はおずおずと肩に手をかけて体を預けてきた。

見た目通り彼女の身体は細くてどこか頼りない。ヨタヨタとしておぼつかないせいで、ときどき首に回された腕にぎゅっと力が入る。

女の子というものはなぜこうも柔らかいのだろうか。これだけ細ければ骨々しくて固そうなのに、一切そんなことはない。それにほんのりと甘い匂いもしてくる。これだけ密着された状態で女の子らしい甘い匂いを嗅がされては、たとえ興味がない異性であっても動揺してしまう。

　なんとか動揺が顔に出ないよう耐えながら、俺は保健室へ彼女を運んだ。幸い誰ともすれ違うことはなく、一番の懸念事項だったことは解消されほっと息を吐く。状況を保健の先生に話し、彼女をベッドに横にならせた。

「じゃあ、これで。お大事に」

　熱はありそうだが、この時期ならインフルエンザということはないだろう。普段の疲れが出たのだろうか？　普通の風邪なら、３日もあれば治るだろうし、ゆっくりと休んで欲しいものだ。

「あの……」

「なんだ？」

　用事も終えたし帰ろうとすると、シャツの裾をくいっと引っ張られ声をかけられた。振り返ると口元を隠すようにして布団から鼻より上を出した彼女と目が合う。熱っぽくとろんとした瞳をほんのりと揺らしているので首を傾げると、少し困ったように視線を彷徨わせた。何か言いたげなのは伝わってきたので、そのままじっと待つと、意を決したのか俺を真っ直ぐ見つめ返してきた。

「……今日はありがとうございました。本当に助かりました」

「はいよ、じゃあゆっくり休んでくれ」

彼女のことだから真面目に捉えて気にしそうだったので、適当に流して保健室を出る。

熱のせいとはいえ頬を紅潮させながら美少女に見つめられるのは、少し心臓に悪かった。

斎藤side

（昨日もまた助けてもらってしまった……）

熱で彼に保健室に運んでもらった翌日、体調は幾分か回復したのでいつものように図書室で彼を待っていた。昨日は彼に保健室に運んでもらった後、保健の先生に家まで送ってもらいそのまま寝た。朝起きると、1日ゆっくり休んだことで熱は引いて多少は身体も軽くなっている。

改めて昨日のことを思い出すとどれほど彼に助けてもらったのか実感する。あんなふらふらの状態の私を保健室まで運んでくれて、きっと重かっただろうし大変だっただろう。かなり足取りがおぼつかなくて彼に体重を預けてしまったから、連れて行くのに苦労したのは間違いない。

それにしてもクラスの人たちにもバレなかったのにまさか彼が私の体調不良に気付くとは思わなかった。すぐに私の様子がおかしいことに気付いて、あんなに心配してくれるなんて本当に優しい人。いつも困った時に助けてくれるしなんだかヒーローみたいだ。つい助けてもらった時のことを思い出して口元が緩む。

ああ、でも運ばれる時にあそこまで密着していたなんて、思い出すだけで恥ずかしくなってくる。仕方がないとはいえ異性とあんなにくっついたことなんてこれまで一度もなかったので、思い出すと顔が熱くなる。指先で頰に触れればじんわりと熱が伝わってきた。彼の身体に密着した瞬間の、あの自分より少しひんやりした体温が制服越しに伝わってくる感じ。そして少し硬い筋肉の感触。未だにあの瞬間のことが頭から離れない。異性の身体に触れている。それを強く実感した。色々私の身体も彼にあたっていた気がするけれど、まあ、あれは私を助けるためにしてくれたのでそれで良しとしよう。

ほんと、どうやって恩返しをしたらいいだろうか？　彼は注目を浴びるのが苦手なようで私といるのを避けている節があるのに、校内を一緒に歩かせてしまった。きっと迷惑だったに違いない。それ以外にもこれまでに何度も助けてもらっているし、前みたいにお菓子一つ渡してはい終わり、というわけにもいかない。どうしよう……そんなことを考えながら図書館で彼が来るのを待っていた。

（それにしてもなかなか来ない。遅いな）

いつもならもう現れてもいい頃なのに、彼が現れない。一体どうしたのだろうか？　本から顔を上げて図書館の入り口に視線を送るけれど、誰も入ってくる気配がない。周りに人はおらずシンッと静寂だけがこだましている。私が気付いていないということはないと思う。ここまで静かなら入ってきた扉の音で気付くし、彼がいつも声をかけてくるからやはり来ていないのだと思う。

彼と本の貸し借りをするようになってから、それなりに経ったけれど、こんなことは初めてだ。いつもなら放課後終わるとすぐに来ていた。少し気になったけれどまあ、まだ放課後になってそこまで経っていないし、もうちょっと待ってみよう。そう思って本に視線を落とした。

（おかしい、明らかにおかしい）

本の話が一区切りつき、集中が緩んだところで時計を見ると、もう既に図書館の閉館間近の時間だった。ここまで待って来ないということは今日はもう来ないだろう。なんらかの事情があったに違いない。

でも、一体なんだろうか？　もしかして私との関係が面倒になったのだろうか？　確かに昨日のは流石に迷惑をかけすぎたと思っているし、避け始めていても仕方のないことだと思う。私と関わりがあるのがバレれば、妙な邪推をされて注目を浴びるようになるのは容易に想像がつく。それを危惧して関わるのを止めた可能性はある。だからもしそう思ったとしても仕方ないとは思う。でも、なんだかやるせなくて少しだけもやもやが胸の内に溜まる。

他にも理由が考えられるし、とりあえず妙な感情を奥底にしまってさらに推測する。他にあるとすれば一体なんだろう。最近は毎日来ていたのに急に来なくなったということはそもそも学校に来ていないのかもしれない。

（もしかして事故にあったり？　それとも……）

そこで一つふと気が付いた。風邪。私の風邪がうつったのかもしれない。あれだけ昨日は至近距離まで近づいたのだし、普通にマスクをせず話してしまった。風邪をうつしてしまった可能性は十分ある。

一瞬確かめようと思ったが確かめようがないことに気付く。日中だったら彼のいるクラスを覗いてみて確認することもできたけれど今は既に放課後。もしくは彼のクラスの人に聞いてみる方法も思いついたけれど、それはそれで問題がある。彼との関係に妙な噂が立つかもしれない。それは彼にとって一番嫌なことだろう。そう思うとそのやり方は出来なかった。

(とりあえず帰ろう)

図書館はもうすぐ閉まるので、読んでいた本を鞄にしまう。鞄を開けた時にちらっと彼のために持ってきた本が目に入り、思わずため息を吐く。仕方なく何もできないまま、もやもやした感情を抱えて家に帰った。

既に外は暗く街灯が道を照らす中、一人でポツンと歩いて帰る。歩きなれた道を進んでマンションの一室へと辿り着く。

「ただいま」

返事はない。もう一年以上この生活をしているのに未だに家に誰もいないというのは慣れない。昔が懐かしい。少しだけきゅっと胸が痛む。そんな気持ちを吐き出すように息を吐いて、部屋へと入った。

机に座って本を読む。普段ならすぐに本の世界にのめり込んで一気に集中出来るのに、今日は文章の上で視線が滑るばかりで本の内容が頭に入って来ない。


（ああー、もう！）


理由は分かってる。今日、彼と会えなかったからだ。こんなことは彼と話し始めてから初めてで気になって気になって仕方がない。

私との関係を面倒だと思われてしまった可能性もある。だが、それよりは体調を崩して学校を休んだ可能性が高いと思う。流石に嫌われたとは思いたくない。もし彼が風邪で学校を休んでいるなら、それは心配だ。だけど彼と連絡を取る手段はなくて、もやもやだけがずっと胸の内に残って消えない。

本当に大丈夫だろうか？　意外と勉強もする人みたいだし真面目だから学校を休むなんて相当だろう。やはり体調を崩すのはとても苦しいものだし、無事だといいのだけれど。悶々とする気持ちが消えず、どうしても彼のことが心配で頭から離れない。だからといってどうすることも出来ないのだから、気にしないのが一番だと思うのにやっぱりいまいち本に集中出来なかった。

＊＊＊

目覚まし時計の音に意識がだんだんと浮上する。俺はゆっくりと目を開けて体調を確認した。

（なんとか楽になったな）

熱を測ってみれば、体温は36度8分。微熱だがまあ身体は動くし今日は学校に行けそうだ。昨日は一日中寝ていたので久しぶりに携帯を開く。一件メッセージが来ていた。

『大丈夫？　学校で待ってるよー』

送り主は和樹。どうやら昨日心配してメッセージを送ってくれたらしい。『悪い。今日は学校行く』、そう送り返して学校へ行く準備を始めた。

多少身体はだるくて気分がすぐれないが特に問題なく準備は進み、無事学校に来ることが出来た。

「あ、湊。おはよう。体調はどう？　良くなった？」

「ああ、まあぼちぼちだな。まだ多少身体がだるいが、日常生活くらいなら問題なく出来る感じ」

「それは、良かった。初めて学校休んだから昨日はびっくりしたよ」

そう、昨日は風邪のせいか熱が酷くて休んだのだ。朝起きた時、久しぶりの風邪で本当に身体がだるく、学校に行けるほどの元気がなかったのでやむを得ず休んだ。本当なら学校に行きたかったところだが仕方がない。

「ああ、多分小学生以来か？　久しぶりの風邪でマジでしんどかった。身体を動かす元気もなくて一日中寝てた」

「へぇ、それはずいぶんと重症（じゅうしょう）だね。確かに久しぶりの風邪だと酷くなるけど、そんなに久しぶりなのかい。運動部でもないのにずいぶん身体丈夫なんだね」

「まあ、基本健康的な生活を送ってきたからな」

おそらく体調を崩したのは最近の生活習慣が原因だろう。本を読むのに深夜まで起きていたし、一人暮らしで自炊しているとはいえ、母親に作ってもらっていた時よりは栄養が劣る。その辺りが積み重なって風邪を引いたに違いない。

「あ、忘れるところだった。はい、これ、昨日のプリントね。これが来週までで。こっちは期末テストに出すって」

「お、悪いな、ありがとう」

「いいっていいって。ノートは後で写真撮って送っておくよ」

「ほんと、何から何まで悪いな」

こうやってなんだかんだ色々助けてくれるから、和樹には頭が上がらない。こういうところがこいつのモテるところでもあるのだろう。普段は憎まれ口を叩いているがこうやって人を助けてやれるところは尊敬している。

「え？　ご飯を奢りたいって？　仕方ないなー、奢られてあげよう」

「調子に乗るな」

「いいじゃんか、けち」

ほんと、やっぱり和樹は和樹だった。見直した途端これだ。こんなんで尊敬してるなんて言っても絶対調子に乗るのは目に見えてるから、本人の前では絶対言わないでおこう。

「まあ、パン一つくらいなら奢ってやるよ」

「ほんと？　やったね。一番高いの頼むからよろしくー」

「はぁ、人の金だと思って……」

図々しい奴め。呆れてため息しか出ない。まあ、約束したので奢ってはやるが。今度、こいつが奢ることになったら絶対高いやつを頼んでやろう、そう心に決めた。

放課後、いつものように斎藤に本を渡しに図書館へと行く。軋む音を立てながら図書館の扉を開けて中に入ると、斎藤がこちらを見ていた。ぱっちりとした二重の瞳と目が合った。彼女は一瞬だけ表情を緩ませたが、すぐにへにゃりと眉を下げて困ったような表情になる。どうしてそんな反応をしたのか分からなかったが、とりあえず用事を済まそうと借りていた本を渡す。

「これ、ありがとう。面白かった」

「あ、えっと、どういたしまして」

斎藤は礼を言いながら差し出した本を受け取ると、そのまま上目遣いに言いにくそうに瞳を揺らした。

「その……昨日はどうしたんですか？　図書館に来ませんでしたよね？」

「ああ、悪い。待ってたよな。昨日はちょっと風邪で休んでたんだ」

「そうでしたか。すみません、それって多分私がうつしてしまったからですよね？」

「は？」

想定外の言葉に間抜けな声が出る。確かに言われてみれば、斎藤がそう思うのは仕方ない。俺が風邪で休んだ前日に彼女が風邪を引いていたのだからその気持ちは理解できた。

だが、おそらく原因は日頃の生活習慣だ。あれだけの寝不足と不健康な食事をしていれば誰だって体調を崩す。だから決して斎藤のせいではない。

まさか彼女が責任を感じているとは思ってもいなかった。へにゃりと眉を下げて申し訳そうにするので慌てて取り繕う。

「あ、いや、お前のせいじゃない。俺が寝不足だったからだ。最近はずっと読書で夜起きてることが多かったからな」

「いえ、でも……」

「いいから。俺が悪いんだ。自業自得だよ。お前にも散々早く寝ろって言われたのに夜遅くまで起きてたんだから」

もちろん彼女に言われてからは多少寝るのを早くしていた。約束だしある程度は守っていた。だがそれを言ったら斎藤がまた自分を責めそうだったのでわざと嘘をつく。

「そう……ですか。学校に来たということは体調良くなったんですよね？」

「一応な。多少身体のだるさは残ってるが、まあ日常生活を送れるくらいには良くなったよ」

「それなら良かったです。これからはちゃんと寝るんですよ？」

ちくり、とまた注意される。ただその言い方は諭すようなどこか柔らかい感じだった。

「ああ。本当に悪いな、昨日は待たせて」

「別に構いませんよ。元々本を読むために来ているので。まあ、昨日は少し集中出来ませんでしたが……」

「もしかして心配してくれてたのか？」

「……いえ、別に。昨日来なかったので少し気になっていただけです」

「そうかよ」

期待とは裏腹にツンとした冷たい口調。素っ気なく突き放すような感じだが、その表情は少し緩んでいてほっと安堵しているのが目に見えてわかった。分かりやすいにもほどがある。どうやら心配してくれていたらしい。そのことに嬉しくなりながらも、素直じゃない斎藤についつい苦笑してしまった。

バイト中、だんだんとお客さんが増えて店内が混んできた。それでも少ない人数でなんとか店を回していく。流石に一ヶ月、いや二ヶ月近く経てば、それなりに仕事も覚えてこの人数でも余裕を持って出来ていた。

ただ、一番の理由は柊さんだろう。彼女はとても優秀な人で俺の倍近くの卓のお客さんを捌いているので、そのおかげでなんとか回せている。

「田中さん、三番の卓の食器、下げてもらっていいですか？　今注文で忙しくて。すみません」

「はい、分かりました」

柊さんに指示されて三番の卓の食器を下げにいく。ついでに隣の卓にも既に食べ終わって空いた食器があったので運んで戻る。

「あ、ありがとうございます。もしかして、二番の方も？」

「はい、もしかしてダメでしたか？」

「いえ、助かりました。今、私が行こうと思っていたので」

「そうでしたか。柊さんの担当のところ忙しいみたいですし、二番と三番の担当、俺が持ちますよ」

柊さんの担当は一番から五番の卓なのだが、ちょうど新しいお客さんが来たばかりで、その注文で忙しそうなので申し出る。それに少し元気がなく、疲れているようにも見えたので助けになりたかった。普段お世話になっているのだから、このぐらいはやらないとな。

「……じゃあ、お願いします」

「はい、あと少し頑張りましょう」

俺の提案に少しだけ柊さんの顔が明るくなる。どうやら俺の気のせいではなくやはり調子が悪いらしい。一応柊さんの様子を気にかけながらまた仕事に戻る。その後も店内はお客さんで混み続けたが、なんとか上手く捌いて無事終えることが出来た。

(はあ、流石に今日は疲れたな)

お店も閉まり、締め作業を進めていく。仕事も一区切りがついたことで、思わずため息が出てしまった。久しぶりにお店が混んでいてなかなか大変だった。あんな人数が来ることは滅多にない。

ただの平日だというのにたまにこういう日がある。今日が外れの日だったということだろう。とりあえず足が棒になりそうだ。これは帰ったら本を読んで疲れを癒すしかない。絶対本を読もう、そう強く心に誓って締め作業に取り組んだ。

　作業を進めていると、それぞれの卓の補充をしていて紙がないことに気付く。確か、紙ナプキンは店裏に箱ごと置いてあったはずなので、裏に取りに向かった。

　店裏に行くとちょうど柊さんが棚の一番上から紙ナプキンの入った箱を下ろしているところだった。なんとか手は届いているようだが、足元はぷるぷると震えているし彼女の身長だとかなり無理しているのは見て分かった。

　ああ、こんなこと前もあったな、とふと思う。あれは斎藤が本を取ろうとしていた時だった。ちょうど柊さんも斎藤と同じくらいの身長なので彼女の後ろ姿と重なって見えた。大変そうにしているのを見ていられずつい声をかける。

「柊さん、俺が下ろしますよ」

「ありがとうございます」

「いえ、自分も卓の紙がなくなっているのに気付いて取りに来ただけなので」

柊さんがこちらを振り向き、縁の細いフレームのレンズの奥の瞳と目が合う。ぺこりと軽く頭を下げて場所を空けてくれた。空けてくれたスペースに入って棚から箱を下ろす。手に取った箱は意外と重く、これだと柊さんでは下ろせなかっただろう。

「自分がやっておくので、柊さんはレジ締めお願いします」

「分かりました。では、お願いしますね」

レジ締めはまだ出来ないので頼むと、快く引き受けてくれて出ていった。その後は何事もなく無事締め作業を終えた。

「柊さん、お疲れ様です」

「はい、お疲れ様です」

バイト中は話す余裕がなかったのでちょうどいいと思い、この前のことで礼を伝える。

「この前は相談にのってくださってありがとうございました」

「いえ、構いませんよ。その後はどうですか？」

「なんだかんだ関係は続いています。向こうも自分のこと友達と思ってくれているみたいで」

ただ本を貸し借りする顔見知りぐらいかと思っていたが、今日の心配具合からして、友達ぐらいには思ってくれているらしい。最初こそ避けていたもののなんだかんだ話は合うし、今では仲良くなれてよかったと心の底から思う。

「そうですか。これからも上手くいくといいですね」

「はい。そういえば、今日、少し元気が無さそうでしたけど何かあったんですか？」

普段も淡々と仕事をする人ではあるが、今日はその中でも動きに精彩を欠いているようにも思えた。時々ぼうっとして動きが悪い時もあったし、気のせいかもしれないが気になり尋ねると、一瞬瞳を左右に揺らしながらも話してくれた。

「えっと……少し落ち込むことがありまして。前に話した男性、覚えていますか？」

「はい、確かお礼の品を渡した方ですよね？　覚えてますよ」

「その人なんですがあれから何度か関わることがありまして、その中で何度も助けてもらっているんです。ですがこの前、その恩も返せていないのにさらに迷惑をかけてしまったみたいで……」

柊さんのその話に共感を覚える。俺も日頃、斎藤から本を借りていてその礼をしたいと思っているのだが、なかなかその恩を返す時が見つからず何も返せていないのが現状だ。その中でさらに迷惑をかけたとなれば落ち込んでしまうだろう。俺でもそんなことになったら気落ちするのは容易に想像がついた。

「あー、なるほど。それで落ち込んでいたんですね。そこまで気にしているなら謝ったらいいんじゃないですか？」

「私もそうしようとしたんですけど、気にしなくていいように気を遣ったのか誤魔化されてしまって」

「あー、確かにそれだともう謝れないですよね。じゃあ、今度その人が困ってる時に助けてあげたらいいと思いますよ。それが一番です。いつか必ず困るような時は来るので、その時、力になったり願いを叶(かな)えてあげたりすればいいと思います」

「なるほど。力になったり願いを叶えてあげたり……ですか。わかりました」

誰(だれ)だって必ず困った時が来る。そんな時助けてあげることが一番の恩返しだと思う。俺も斎藤が困っている時は絶対力になってあげよう。そう思ってアドバイスすると、柊さんは納得(なっとく)したように頷(うなず)いた。その表情は真剣でどこか決意したようにも見えた。

◆◆◆

いつものように図書館で待っている斎藤に本を渡すと、心配そうに見つめられた。

「もう大丈夫ですか？　昨日はまだ風邪の症状(しょうじょう)が残っているようでしたが」

「ああ、流石に二日経てばほとんど治ったな」

バイトの疲れは残っているが、ある程度回復はした。身体のだるさもないし、熱っぽさもなく気分はすっきりしている。これはほぼ治ったと言っても過言ではないと思う。

「それならよかったです。これからはもう少し体調に気を遣うんですよ？」

「分かったよ、ちゃんと早めに寝るよ」

「はい、そうしてください。あとこれがいつもの本ですね」

「ありがとう。おお、今回は結構分厚いんだな」

持った瞬間にズシリと重さが手に伝わってくる。普段よりも分厚く、読み応えがありそうで、ついテンションが上がる。

「ええ、分厚いと何か問題でもあるのですか？」

「いや、問題はないぞ。分厚いからそれだけテンションが上がっただけだ」

「？　分厚いとどうしてテンションが上がるんですか？」

「読み応えがありそうだし、何より賢くなった気分になれるだろ」

あの普段より幾分か厚い本を持った時、なぜか妙に頭が良くなった気になるのは俺だけじゃないはず。

「何を言っているんですか。厚い本を持っただけで賢くなれるわけがないでしょう」

だが、斎藤には伝わらなかったようで、冷ややかな目でため息を吐かれた。いや、もちろん、分かってはいるけど。

斎藤の意見に何も返す言葉が思い浮かばず、手に持つ本に視線を落とす。

本当にこのシリーズは面白い。何巻であっても思いもよらない話がポンポン出てくるし、

幾重にも張り巡らされた伏線がどんどん回収されていく。そんな話を読んでいれば止まらなくなるわけで、今では読むスピードが向上し、一冊を読むのに1日もかからない。

そのおかげでもやもやすることなくベッドに入れるし寝不足なんてことは全くなくなっていた。

ただ、最近はそのせいか満足できず少しだけ読み足りなさを感じる。どうやら考え事に集中するあまり、本を見すぎたらしく、斎藤は不思議そうに首を傾げた。

「どうしたんですか、そんなにじっと眺めて。何かついていましたか？」

「いや……最近一冊だとすぐ読み終わっちゃって物足りないなーって」

「それは、二冊読みたいということですか？」

俺の言葉を聞いて、彼女は眉をわずかにひそめる。

「流石にそんなことは言わねえよ。今でさえ感謝してるんだ。これ以上重いものを毎日持って来させるとか、申し訳なさで死ねる」

妙な勘違いをされたので肩を竦めてしっかりと否定するが、彼女は腕を組んで考え込んでいる。視線を下げて、悩んでいるらしく俺と目が合うことはない。そのまま言葉をぽつりと零した。

「でも、もっと読みたいんですよね？」

「……まあな」

「……じゃあ、一緒に帰りますか？」

「はい？」

一瞬言葉の意味が理解できず、変な声が出てしまう。思わず溢れてしまった俺の欲求に対して予想外の提案がされて戸惑うばかり。何を言っている？

「私の家まで来てもらえるなら、二、三冊くらい渡します」

「いや、それは……」

「もっと沢山読みたいんでしょう？」

「そうだけどさ」

彼女の提案はありがたい。ありがたいのだが……。普通、知り合いとはいえさほど深く関わっていない男と一緒に帰ろうとするだろうか？

それに彼女と一緒に帰ればいずれ必ず噂になる。どんなに隠していてもどこかのタイミングで必ず誰かに気付かれ、話のネタにされることは間違いない。あまり目立ちたくない俺としては、一緒に帰るなんて選択を取れるはずが……。

「いいんですか？　これまでよりも沢山読めるようになりますよ？」

渋る俺にさらに迷わせるような悪魔のささやきを呟いてくる斎藤。彼女は優しさのつもりで言っているのだろうが迷わせるのはやめて欲しい。ダメだとわかっていてもそう言われたら、頷きたくなってしまう。

「いや……でもな……」

「じゃあ、こうしましょう。別に一緒に帰る必要はありませんし、帰るタイミングだけ合わせて私の後ろをついてきてください」

俺が渋っている理由を察したのか、俺の懸念事項を解消するような提案をしてくれた。そう言われてしまえば、俺が断れるはずがない。あの本は面白いので読めるなら沢山読みたいし、そんな魅力的(みりょくてき)な提案をされては頷くしかなかった。

「……それで頼んだ」

「はい、いいですよ」

なんとなく彼女の思うがままに進められている気がする。俺の返事に斎藤は満足げにしていた。

「ついていくからってストーカーで訴(うった)えるなよ?」

「もう、そんなことはしませんよ」

肩を竦めて冗談(じょうだん)を言うと、なに言ってるんですか、といった不満げな眼差(まなざ)しを向けられてしまった。

「でも、いいのか？　こんな男に自分の家の場所を知られて。もしかしたら何か危ないことされるかもしれないぞ？」

「したらその時は然るべき処置を取るだけなので」

「あ、左様でございましたか」

目を細め鋭く睨まれれば、そんな悪いことを出来るはずがない。いや、もともとするつもりはないが、この視線は本当にやると確信させられるほどのものだった。

「それにあなたはそういうことしないし出来ないでしょうし」

「信頼してくれているのか？　それはどうも」

「多少は信頼していますが、あなた私に対して興味がないでしょう？　それが主な理由です」

「あー、そっちか」

ばれててもおかしくはないと思いつつも、いざ面と向かって言われると苦笑してしまう。

「最初の時にお礼にかこつけて親しくなろうとしてきたなら、私も関わる気はなかったんですけどね」

「安全な人と思ってもらえたようでよかったよ」

「はい、おかげさまで」

こうして本を沢山読むために、斎藤と一緒？　に帰ることが出来るようになった。

「じゃあ、お前の家に行くか」

「ええ……あ、ちょっと待ってください」

あのシリーズを早く読みたくて斎藤を急かすと呼び止められた。

何かを思い出したらしい。ちょこんと申し訳程度に裾を摘まれたので、そちらを振り向く。

「どうした？」

「あの……連絡先教えて下さい」

図らずも上目遣いになっており、ぱっちりとした透き通る綺麗な瞳と目が合う。斎藤はやや控えめに視線を落とすと左右に揺らしてポツリと呟いた。

少し言いにくそうにしているあたり、異性に連絡先を聞く意味を理解していて、抵抗があるのかもしれない。もちろん彼女が俺のことを異性として認識しているなんて勘違いはしないが。

「は？　なんで？」

「毎日一緒に帰れるわけではないでしょう？　用事がある時は連絡して下さい。その日は学校に一冊持っていきますので」

「ああ、なるほどな」

確かに伝えたいことがあるときに伝えられないのは不便だ。もし連絡する手段が有れば俺が学校を休むことも伝えられたはずだ。交換しておいたほうが後々のことを考えると便利でいいだろう。そう思い某メッセージアプリのＱＲコードを見せる。その画像を読み込むようにスマホをかざして、彼女は固まった。

「ありがとうございます……っえ？　田中湊？」

間抜けな声が漏れ出るのが聞こえた。

一体どうしたのだろうか？　斎藤はぱっちりとした二重の瞳を大きく見開いて、何かを確認するようにスマホを二度見している。

「ん？　ああ、そうだぞ。言ってなかったか？」

「……ええ、聞いてませんよ。話すようになっても全然自己紹介してくれませんでしたし、こちらとしても特に興味なかったので」

何か引っかかるようで何故か俺の方を何度かチラチラと見て、ツンとしたいつもの冷たい声が返ってきた。

「そうかよ。言い忘れたわ。じゃあ改めて、俺は田中湊だ。よろしくな」

「はい、えっと、私の名前は知っていますか？」

「そりゃあ知ってるよ。斎藤玲奈だろ?」

「知っているならいいです。よろしくお願いします」

こうして俺たちは改めて紹介し合った。まったく、知り合って一ヶ月も経ってやっと名前を語るとは。こんなの滅多にないことだろう。

それにしても本当に不思議な話だ。学校でも有名人な彼女と本来なら一切関わり合うことがないはずなのに、それが今では連絡先を交換するようになるとは……。嬉しいような面倒くさいようななんとも言えない複雑な気分で交換した彼女のアカウントを眺める。俺のスマホに表示された彼女のアイコンは茶色の猫が寝ている画像だった。

「どうしました?」

「いや、この学校の男子が喉から手が出るほど欲しがってる連絡先がこんなに呆気なく手に入るなんて、と思ってな」

「広めないでくださいよ?」

「しねえよ。俺が持ってるって知られた時点で俺が睨まれるわ。そんな視線には耐えられねえよ」

クラスで彼女に向けられている視線が敵意をもって自分に向くと思うと、そんなこと出来るはずもない。

「こういうの友達とよくするんですか？」

「いや？　元々そこまで親しい友達は少ないし、連絡が来るのは和樹って友達くらいだな。だからほとんどない。……お前は色んな奴と連絡取ってそうだな」

「まあ、それなりには」

予想通り、斎藤は人気者らしく色んな人とメッセージアプリで連絡を取っているらしい。なんとなく彼女の返事が元気がないように見えたのは気のせいではないだろう。煩わしさもSNSには付きものだし、それが彼女ほどにもなれば想像がつかないほど大きいのかもしれない。ついその苦労を想像して「大変そうだな」と労ってしまった。

「では、今から私の家行きますか？」

「お、おう」

『私の家』という言葉に少しだけ緊張する。もちろん中に入るわけではなくて玄関で渡してもらうだけなのだが、そのセリフだけを捉えると扇情的な文句に思えてしまった。

「よし、行くぞ。本を早く読みたい」

緊張を打ち消すように彼女を急かす。本のために色々取り返しのつかないところまで関係が進んでいる気もしなくもないが、それは今は置いておこう。本を読める方が大事だしな。うん。

「もう、本は逃げませんよ？」

彼女はそんな俺の急かす様子に口元を少し緩めて呆れたようにクスッと笑った。

斎藤と一緒に帰り道を歩く。もちろん一緒といってもさっき斎藤が図書館で話した通り、俺が距離を置きながら斎藤の後ろをついていく形だ。後ろ姿を眺めながらふと思う。さらさらと風で靡く黒髪は見惚れるほどに綺麗だ。太陽の光を反射して煌めく黒髪はますます目を引いて、どれほどその髪が手入れされているのか伝わってくる。

以前にも彼女の後ろを歩いていたことがあった。あれは彼女がトラックに轢かれそうになった時だったと思う。その時も思ったがこう後ろをついて歩いてるのはなんとなくストーカーみたいで悪い気がしてくる。だが彼女がいいと言ったのだから今回は気にしないでおくとしよう。

前回とは違い、彼女は本を読んでいない。あれから、ちゃんと本は読まずに帰ってくれているらしい。あのふらふらとした足取りは流石に危険だったので、ほっと安堵する。今回は、本を読んでいない分、普通に前を向いて歩いているが、時々振り向いてこっちを見てくる。どうやら俺がちゃんとついてきているか確認しているらしい。

一応バレないようにしようと思っているのか、チラッと盗み見るようにしているが、その時足が止まっているのでこっちを見ているのはバレバレだ。多分彼女は自分が確認のたびに立ち止まっていることに気付いていないと思うが。

それにしても妙なことになったものだ。本をもっと貸してもらうためとはいえ彼女の家に行くことになるとは。こんなこと和樹には死んでも言えない。あいつに話したら死ぬほどいじられるだろう。俺が言えば周りに言いふらすことはないと思うがあいつに毎日からかわれるようになると思うと絶対秘密にするしかない。そもそも来ていいよって本人に言われたなんて話を信じてもらえるかすら疑わしいところであるが。

「……」

距離が離れているので特に話すこともなく黙々と歩き進む。なんだか段々とこれから斎藤の家に行くのだ、ということの実感が沸き上がってきた。さっきまでは突拍子もない話だったので、ただそのまま受け止めていたが、実感が篭もり始めると共にそわそわしてくる。

別に中に入らないと分かってはいるのだがどうしても少し緊張してしまう。そもそも女子の家なんて訪れたことがないし、どんな感じでいればいいのか想像もつかない。とりあえず変な行動はしないよう、出来るだけ心は落ち着けておこう。そう思いふぅっと息を吐き、何度か心を落ち着けようと試みるが、どうしても緊張は抜けなかった。

（おっと、ここを曲がるのか）

歩き始めてしばらくの間は自分の家に帰る方向と一緒だったのだが、途中で大通りの道からそれて脇の少し細くなった道へと入った。周りには住宅やマンションが建ち並ぶ景色が増え始める。さらにどんどん奥の方へと行くと、斎藤は一つのアパートの玄関前で止まった。どうやら斎藤の家に着いたらしい。

「ここか?」

「はい、このアパートの二階です。入ってすぐのところに階段があるのでそこを上がります」

そう言われて案内される。二階に上がり、右端の扉の前に来ると「ここで待っていてください」と言って中へと入っていった。

扉が閉まり、廊下の部分でじっと待つ。外観を見た時から思っていたがかなり良い建物だ。新築とまでは言わないまでもかなり新しいので相当高級なはず。こんなところに住んでいるなんて意外と斎藤はお嬢様なのかもしれない。

緊張していた女子の家を訪れたのだが、斎藤があまりにもあっさりとしているので緊張はいつのまにか無くなっていた。あそこまで平然としていられると、そわそわしているのがばからしい。しばらく待っていると、二冊本を抱えて斎藤が姿を現した。

「お待たせしました。一応二冊持ってきました。こちらで良いですか？」

「おお！　ありがとう！」

お気に入りの本を前についテンションが上がる。これで一日に今まで以上に読むことが出来る。ふふふ、めっちゃ楽しみだ。これは今日は徹夜確定かもしれない。ありがたく受け取ろうとすると、ひょいっと本を隠された。

「いいですか、あなたが読みたいって言うのでさらに二冊貸しますけど、ちゃんと寝るんですよ？　風邪が治ったからって調子にのって夜更かししないでくださいね？」

「あ、ああ、分かったよ」

綺麗なぱっちりとした二重の瞳でじっと見つめられ、ばつが悪くなり目を逸らす。危ない、今日完全に夜更かしするつもりだった。斎藤の真剣な表情から本当に心配してくれているのだと伝わってきて、仕方なく夜更かしの計画を断念する。斎藤の注意に渋々頷くと満足したように少しだけ微笑んで、今度こそ渡してきた。

「はい、よろしい。では、どうぞ」

「マジでありがとな！　めっちゃ楽しみだ」

　表紙を見てにやけそうになり慌てて表情を引き締める。これでもっと沢山読めるようになったのだから、うん、やっぱり斎藤の提案を承諾して良かった。最初こそ戸惑ったが、沢山読めるようになることに比べれば問題ない。バレなきゃいいんだから、今まで以上に周りを警戒すれば解決だ。本さえ読めるならなんだって些細な問題だ。嬉しすぎて受け取った本をじっと眺めていると、クスッと笑われた。

「本当にこのシリーズの本、好きなんですね」

「まあな、今までで一番と言っても過言ではないくらいにハマってる。というかそんな分かりやすい表情してたのか？」

「はい、見るからに嬉しそうでしたよ」

「マジか、それは恥ずかしいな」

　まさかそんな見てバレバレなほど表情に出ていたとは。どうにも大好きな本が関わると我を忘れてしまう。これからは気をつけなければ。

　改めて表情を引き締めていると、斎藤はほんの少し口元を緩ませて目を細めながらふわりと微笑んだ。

「とても楽しそうで見ている私も幸せになりますし、そういう表情は魅力的でいいと思いますよ？　だから気にする必要は無いと思います」

「そ、そうか」

その表情はずるい。そんな柔らかい笑みを見せられたら意識するに決まってる。

「じゃ、じゃあ、帰るな。ありがとう」

急いでリュックに本をしまって立ち去る。彼女の言葉におそらく他意はない。彼女は思うまま、そのままに言ったのだろう。それは頭では分かっている。だが分かっていたとしても、頬に熱が篭もり始めるのを抑えられなかった。帰り道の冷たい風が熱くなった顔には心地良かった。

斎藤side

本を渡すために初めて家の玄関前まで彼が来たけれど、特になにも起こることなく図書室での本の貸し借りの時と同じように本を渡して少し話をして彼は帰っていった。

彼を見送り、リビングの奥、自分の部屋へと戻る。そのままベッドにぼふんと飛び込んで今日あったことを思い返した。

まさか本友達の彼の名前が田中湊だなんて。別に名前にそれほど興味もなかったし、そのうちでいいか、と後回しにしていたけれど、まさかの同姓同名。そんな偶然ある？　本当に同じ人なの？　それとも別人？　連絡先を交換した時は、目を疑った。バイト先の彼と同姓同名なんてことがありえるのだろうか。ううん、流石に出来すぎている。同姓同名の人が二人、私の周りにいるとは考えにくい。おそらく同一人物だと思う。でも何度、本友達の彼の顔を思い描いても、いまいちピンとこない。そもそもバイトの田中くんのことをまじまじと見たことがないので、比較しにくい。バイト先の彼について覚えていることは、前髪を上げている整った顔立ちの俗にいうイケメンということだけ。学校の彼の野暮ったい地味な姿とは正反対だ。切れ長の目の綺麗な瞳は似ているような気もするけれど、確信は持てない。

彼の名前を知った時、バイトのことを聞いてみようかな？　と思ったけれど聞かなくてよかった。バイトの話をすれば本人かどうかは確かめられる。だけどそれは同時に、自分もバイトをしていることを明かすことになってしまう。私がバイトをしている事情が事情なのでバイトをしていることがバレるのは避けたい。とりあえずはバイトの時に田中くんのことを観察して同一人物かを確かめてみるとしよう。

それにしても、田中くん……か。もし万が一、彼がバイトの田中くんと一緒だったら……うん、考えるのはやめておこう。精神的によろしくない。気付いていなかったとはいえ、本人に思っていることをあれこれ話していたなんて考えたくない。想像しただけで恥ずかしくて死ねる。まだ決まったわけではないんだから心配は後回しにしよう。顔が熱くなりそうになり、慌てて頭の片隅に追いやった。

今日あったそんなことを考えていたらいつの間にか夜になっていたので晩ご飯の用意を進める。食べ終え部屋に戻った時、また彼と連絡先を交換したことを思い出す。新しい人と連絡先を交換したら何かしらの挨拶が来るので、もしかしたら彼からも何か来ているかもしれない。ふと気になりポケットからスマホを取り出した。

（来てない……）

私はベッドで横になりながらスマホの画面を見る。けれど、彼からの通知は来ていなかった。思わず小さくため息が出る。別に挨拶を送る義務なんてないのだし、来ないからって気にする必要はない。だけどせっかく交換したのだし……。

連絡先を交換したら最初の挨拶をするのが普通だ。でも、きっと彼はそんなこと関係なく連絡なんてしてこないだろう。別にそういう人間関係を気にするような人じゃないし。

でもここで挨拶しなければ、なんとなく気まずくなって今後使うのを遠慮してしまうかもしれない。だからしょうがない。仕方がないからこっちから連絡してあげよう。そう、これは仕方なく。自分のためじゃなくて彼のため。別に私が彼と話したいからとかじゃない。誰に言うでもなく、心の中でそんなことを思いながら、トーク画面を開き文字を入れていく。

『斎藤です。よろしくお願いします』

いつも通り、新しい人と連絡先を交換した時によく送る文章を打ち終わる。あとは送信ボタンを押すだけ。

ボタンの位置に親指を置いたところで、ピタッと指が止まる。なんとなく、味気ない気がして文字を消す。うん、せっかくの大事な友達なのだし、もう少し優しい感じの方が良さそう。またぽちぽちと文字を打ち込んでいく。

『斎藤です。今日はありがとうございました。お話し出来て楽しかったです』

打ち終わり、見直してみて慌てて消去する。なんとなく恥ずかしくなって消してしまった。確かに話が出来て楽しかったのは本当だけれど、それを相手にわざわざ伝えるのは、少しだけ照れくさい。もうちょっと無難な風にしよう。ほんのりと熱くなった頬の熱を流しながら、また文字を打つ。

『斎藤です。よろしくお願いします。本の感想とかこれからもお話ししましょう』

一語一語丁寧に打ち、見直して、納得して頷く。うん、これなら良さそう。ただの挨拶文だけじゃなくて誘いも入っているし、この後の話題にも繋げやすい。やっと満足出来た文章を打てて、ほっと一息をつく。あとは送るだけ。それなのに、なぜか送信ボタンを押すのが少し緊張する。

変じゃないかな？　なんてまた打った文章を見直してしまう。うん、大丈夫。変なところはないと思う。何度も見直してしっかり確認する。普段ならこんなに緊張しないのに、やっぱり彼が大事な友達だからだろうか？　こくり、と唾を飲み込んで覚悟を決めて、ポチリとボタンを押した。

ふぅ、一苦労して送信を終えて、溜めていた息を一気に吐き出した。はぁ、緊張した。

ただ挨拶を送るだけなのに、なんか疲れた。ベッドで仰向けになりながら力が抜けていく。

よし、本を読もう。やっと一息をつけたところで、今日借りてきた本を読むことにした。

パラパラとめくって、読み進めていたところのページを開き読み始める。


（…………）


普段なら本を読み始めたらほかのことなんてすぐに気にならなくなるのに、今日はいまいち集中できない。さっき送ったメッセージの返信が来ていないか、気になってしまう。

本をパタンと閉じて、スマホの画面を確認するけれど、彼からの返信はない。

変に思われてないかな？　彼のことだから連絡とかめんどくさがりそうだから、もしかして迷惑だっただろうか？　面倒だとか思ってたりしないだろうか？　やっと送り終えたのに今度は段々と不安になってくる。もう少し可愛げのある文章の方が良かったかもしれない。その方が話しやすい雰囲気になったかもしれないし。ちらりと時間を確認するとまだ送ってから五分しか経っていなかった。

もう送ってしまったのだから、気にしても仕方のないことだ。そう思ってまた本を開いて読み進める。せっかく面白い本なんだからこっちに集中しよう。

（………）

また少し読み進めたところで、彼からの返信が気になってくる。どうしても気になり、ちらっと少しだけまたスマホの画面を確認する。もちろんまだ返信はこない。

スマホを置いて、また本と向き合う。目で紙に並んだ文字を追っていく。つらつらと書かれた文章を滑るように読み進めていく。一行読んでは、いまいち内容を掴み切れずまた同じ行を読み返してしまう。何度も同じ行を読み返しているのに、まったく内容が掴めない。あれ？　えっと……。

（………あー、もう！）

全然頭に入ってこない。もうなんなんだろう？　今日の私はおかしい。別に彼からの返信なんてどうでもいいはずなのに。いや、どうでもよくはないけれど、ここまで気にするようなことじゃない。ただ挨拶を交わすだけなんだから。それなのにどうしても彼から返信が来ているか気になって仕方がない。集中出来ない。読んでも読んでも全然頭に内容が入ってこない。ほんと、わけ分かんない。自分で自分が分からない。

　本を読んでいるのに気が安まらず、はぁ、とため息が出てしまう。もういい。とりあえずスマホから離れよう。ここにいてもスマホが気になって仕方ないので、お風呂に入って物理的に距離を置くことにした。


　お風呂を終えて部屋に戻る。ピカッとスマホの画面が光っているのが見えた。心臓が跳ねて、どきどきと緊張してくる。なんだろう、これ。変な感じ。落ち着かないそわそわする気分のまま確認する。

『玲奈ー、明日の数学の課題分からないから教えて』

　はぁぁぁぁ、思わず大きなため息が出てしまう。なんだ、友達からのメッセージか。急に安心したような、虚しいような残念な気持ちに包まれる。勝手に彼からのメッセージだと期待してバカみたい……。なんともやり切れなくて、肩を落としながら机にスマホを置こうとした時、またピカンと画面が光った。どうせ、友達からだろう。そう思いながら画面を見る。

『よろしく。本の感想話せるの楽しみ』

え？　え⁉　たった一行。されど一行。わずか十六文字しか並んでいないのに、一気に胸がときめく。心が弾(はず)む。にやけそうになる。もどかしい温かさに包まれる。

やった。返信貰(もら)っちゃった。彼からの返信に嬉(うれ)しすぎて、スマホを持ったままついベッドに飛び込む。バタバタと足をバタつかせながらもう一度画面を確認する。うん、やっぱり彼からだ。淡白(たんぱく)な彼らしい普通の文章なのに眺めては何度もにやにやしてしまった。

あれから斎藤の家に行って本を借りるようになったが特に変わったことはなかった。当然といえば当然だ。別に一緒に移動はしていないので、これといった関わり合いがあるわけではない。一つ変化があったとすれば、人目を気にする必要がなくなったので、彼女の家の前で図書館の時よりも多少長く話すようになった程度か。互いに本好き同士。感想の言い合いをしていると自然と時間は過ぎた。あともう一つ変わったことは、また寝不足気味にもなったので小言を貰う頻度は増えたが、これは特に問題ない。

『今日はいつもと同じ時間で大丈夫ですか？』
『ああ、特に何も放課後用事ないからそれでいい』
『分かりました。では、放課後』

昼休み、斎藤からメッセージアプリで連絡が入る。いつの間にかこれも最近は日常の一部になっている。放課後、時間を示し合わせて一緒に帰るのだが、その日に放課後用事がありそうならその時は図書館で時間を潰すので、その確認のメッセージが来るのだ。特に約束したわけではないが、なんだかんだほぼ毎日続いている気がする。

「最近、湊、よくスマホ使うようになったよね。仲良い女の子でも出来た？」

「は？　なんだよ、急に」

　斎藤に返信を終えてスマホをポケットにしまっていると、机で向かい合わせに座る和樹が少し期待を含んだ視線を向けてきた。どうやら俺がスマホをいじっているのを気にしているらしい。昼ごはんを食べていたはずなのに目敏い奴だ。

「え、だってこれまで全然スマホとかいじってなかったじゃん。いつも本だったし。それが急にスマホを使い出すようになったら気になるでしょ。僕的にはその原因は女子だと睨んだね」

　どう？　当たってる？　とでも言いたげににやりと笑ってくる。ほんと、こいつの洞察力は恐ろしい。だがもちろんバラすわけにはいかない。

「違えよ。バイト先からの連絡を確認してたんだよ」

「なんだ、違うのかい。つまんないなー」

「でも、その観察力はほんと凄いな。なんでそんなに変化に気付くんだ？」

「甘いね。女の子を口説くためには観察力は大事なんだよ。ちゃんと相手の変化に気付いてあげないと大変なことになるからね。それで鍛えたおかげかな」

「……なんか尊敬して損した気分だ」

まさか観察力がこいつの女好きの成果だったとは。別に失うものはないが微妙に悔しい。褒めて損した。

「ちょっと、絶対バカにしてるでしょ」

「バカにはしてない。軽蔑してるだけだ」

「まったく酷いなー。今回も湊に仲の良い女の子が出来たって期待させておいてさ」

「それはお前が勝手に勘違いしただけだろ。俺のせいにするな」

「良い感じの女の子ほんとにいないの？」

「……いねえよ」

斎藤はただの友人だ。そういう意味では仲良いが、異性として見ているわけではない。ただ和樹に質問されて、斎藤のふわりとほほ笑んだ笑顔が脳裏から離れなかった。

放課後になり、約束通り斎藤が現れるのを下駄箱付近で待つ。ほんの少し経つとすぐに彼女は現れた。まだ放課後になってすぐなので周りには多くの人がいて、殆どの人が歩く斎藤に視線を向ける。斎藤は特にその視線を気にした様子もなくスタスタとこちらへと歩いてくる。俺の横を通り過ぎる瞬間、ほんの少しだけ口元が緩んだ気がした。なんだかそのことが俺と斎藤だけの秘密のようで少しだけむず痒くなる。妙な気持ちになりながら、俺も校舎を出た。

　その後はいつものように彼女の後を追って歩いていく。流石にもう何度も通ったので慣れてきた。最初の頃、緊張していたのが馬鹿らしい。特に迷うことなく、馴染んだように彼女のアパートに入った。

「では、本を取ってくるのでここで待っててください」

「ああ、ありがとう。いつも悪いな」

「いえ、こっちの方が私もわざわざ重い本を学校に持って行かずに済みますし、助かってますから」

　そう言い残して部屋へと入っていく。その姿を見送ってぽつんと1人で扉の前で待つ。こんな扉の前で待ってるなんて他の住人が見たら不審者と思われるかもしれないな、なんて思っていた時だった。

「きゃぁ！」

「おい、大丈夫か⁉」

　部屋から悲鳴が聞こえてきて、慌てて声をかける。だが返事はない。仕方なく扉を開け、玄関を覗くようにしてまた声をかけた。

「おい、何かあったのか⁉」

すると、がちゃっと玄関奥の扉が開いて、斎藤が目尻に涙を浮かべながらこっちにやって来た。

「く、蜘蛛が……」

「は？　蜘蛛？」

「はい、本を取ろうとしたら急に蜘蛛が出てきまして……その取ってもらえますか？」

「……別にいいが、入っていいのか？」

「この際仕方ありません。幸いリビングですし、お願いします」

ちょこんと袖を摘まんで、上目遣いに頼み込んでくる。蜘蛛がよほど苦手なのかさっきの涙のせいで瞳は潤んでいてどうにも心臓に悪い。彼女が困っているなら助けてあげた方がいいだろう。目線を彼女からずらしながら承諾する。

「分かった。じゃあ、入るぞ」

斎藤の家に入る。その事実にごくりっと唾を飲み込んで中へと入った。リビングは白を基調としてほとんどが黒と茶色の家具で統一されたシンプルな部屋だった。汚いところはなく、整理整頓が行き届いていてとても綺麗だ。

「それで、どこにいたんだ？」

「その机の上です」

　指差された机の上を見ると、俺がいつも読んでいるシリーズの本二冊が少し乱れた感じにずれていた。ここで本を取ろうとしたら蜘蛛が出てきたということだろう。ここにいたということはそこまで遠くに動いてはいないはず。とりあえず近くを探してみると、すぐに小さく真っ黒な蜘蛛が1匹見つかった。

「あ、いたぞ」

「は、早く取ってください！」

　いつもの冷静さはそこになく、離れたところから焦ったような声で急かしてくる。そっちを見ると出来るだけ机から距離を置き、半分涙目だった。意外とビビリなんだなと思いながらティッシュで取って玄関から外へと放してやった。

「ほら、終わったぞ」

「あ、ありがとうございます」

　落ち着いたのかほっと息を吐く斎藤。さっきまでの涙目はなくなり、いつもの無表情に戻っている。

「じゃあ、本だけ借りて帰るよ」

「え、そのお礼にお茶でも……」

「いや、遠慮するよ。本、読みたいし」

もちろん本を読みたいのは本当だがそれ以上に二人きりで同じ部屋にいるというのを避けたかった。斎藤になにかするつもりはないが二人きりは非常によろしくない。それに女子と二人とか何を話したらいいのか分からないし、無駄に緊張しそうだ。

「……分かりました。じゃあ、これが今日の分の本です」

「ああ、ありがとう。じゃあ、お邪魔しました」

「はい、本当にありがとうございました」

玄関でまた礼儀正しくぺこりと頭を下げる斎藤を横目に彼女の家を出た。

斎藤との距離感が分からない。斎藤の家に上がってから二日が経ったが、未だにあの日のことが忘れられなかった。そのせいか、時々集中が切れることがあって、バイトでも何度かミスをしてしまった。
「今日は、かなり疲れているようでしたけど何かあったんですか？」
「あ、柊さん」

　やはり周りから見ても様子がおかしいことが分かったのか、バイトが終わると柊さんが少し心配を滲ませて尋ねてきた。

「この前は私の相談にのってくれましたし、何か悩んでいるなら話を聞きますよ？」

「ありがとうございます。別に悩みってほどのことではないんですけど実はですね、先日、仲良くしている彼女の家に入れてもらったんですよ」

　俺の言葉にピクッと身体を震えさせて反応する柊さん。何かを確かめるように真剣な瞳でじっとこちらを見つめて、ゆっくりと口を開いた。

「……それはいつですか？」

「二日前ですね」

「あなた、やっぱり……」

　こちらに視線を真っ直ぐに向けて、メガネの奥の黒い瞳は俺の方を見つめてくる。そのまま、ぱっと口を開いて何かを言いかけたが、躊躇うようにして閉じてしまった。

「どうかしましたか？」

「いえ、なんでもないです。すみません。質問を挟んでしまって。それで彼女さんのお家に入ったことの何を気にしているんですか？」

「気にしているといいますか、あの日のことが忘れられないんです。初めて女子の家に入ったのもありますし、こんな俺を家に入れるなんてどういうつもりだったんだろうって」

「……別に悪い人ではないと思ってるから、入れたんだと思いますよ？」

「まあ、そうですよね。信頼の表れなんだとは思っています。ただ、あの日のことが強烈過ぎて、未だに部屋の中で緊張していたことや、最後にお礼を言われたこととかがずっと頭に残ってるんです」

あれだけ一度に色んなことが起きれば忘れられるはずがない。それも初めてのことばかり。流石に二人きりで一緒に同じ部屋で過ごしたのは心臓に悪かった。思い出してまた妙に気持ちが落ち着かなくなっていると、柊さんは何か気になることがあるようで、少し興味ありげに上目遣いでちらっと視線を送ってきた。

「……そんなに緊張してたんですか？」

「そりゃあ、緊張しないわけがないです。普段は意識しないですけど、二人きりになれば流石に彼女が異性であることを意識してしまいます」

「……なるほど」

「元々彼女は可愛い人ですし、なおさら意識せずにはいられませんでしたね」

「か、可愛い……」

ちらっとだけこちらを向くと、俯いて居心地が悪そうにもぞもぞと身体を動かす。髪の

間から覗いた耳がほんのりと茜色に染まっているのが目に入った。

「はい、流石に本人には言えないですけど。俺が彼女のことを異性として意識しているなんて知ったら、離れていきそうですし」

「なんで、そう思うんですか？」

「彼女は元々異性が苦手で避けているんですよ。それでも、俺と仲良くしてくれているのは、多分俺が彼女のことを異性として見ていないからだと思うんです。だから、そういう目で見たら、彼女は俺のことを避け始める気がします」

「なるほど……でもそれは親しくもない人を避けているだけであって、仲が良いなら嫌ではないと思いますよ？」

「そうですか？」

柊さんの言葉に内心で首を傾げる。女心というものには疎いのでよく分からないが、仲が良いからといって異性として意識されても構わないとは思わない気がするのだが。

「はい、そうです。あ、もちろん、私は本人ではないので予想ですけど」

真っ直ぐにこっちを見て頷いたかと思えば、なぜかちょっと焦ったように言葉を付け足した。確かに本人ではない以上、推測しか出来ないのは当たり前か。

「まあ、普段は彼女のことは異性として意識しないので、このままで問題ないですかね」

「意識しないんですか」

「ええ、もちろん柊さんの予想した通り嫌ではない可能性もありますけど、意識しない方が避けられる可能性は低いですし」

「そう……ですよね」

何か考えるように視線を下に向けて、複雑な表情を浮かべている。きゅっと口元を結んで怒っているような、それでいて哀しんでいるようなそんな風に見えた。

「どうしました？」

「いえ、確かに今まで通りでいれば大丈夫だと思います」

「ですよね。なんか、話していて少しだけ気分がすっきりしました」

「力になれたなら良かったです。それでは」

「はい、ありがとうございました」

やはり柊さんと話すと気持ちが軽くなる。少しだけずっと張り付いていたあの日の記憶が薄まった気がした。そんな感謝を込めて、縛った髪を揺らして去る柊さんの後ろ姿を見守った。


あの斎藤の家に入ってから一週間、特に変わったことはない。あの日まさか彼女の家に入ることになるなんて思いもしなかったが、あれは単なる偶然の結果だろう。事実、あの後も彼女の家に行くことが何度もあったが、中に入ることはなかった。もちろん中に入るなんて何をしたらいいのかわからないのでこっちからごめんだが。今日もまた本を楽しみに斎藤の家へ向かうため学校を出ようとした。

「あー、雨か」

校舎の下駄箱を過ぎて建物を出ようとすると、外は土砂降り(どしゃぶり)の大雨だった。ザァザァと雨が土を打つ音が響(ひび)いてくる。朝は晴れていたのにいつから降り始めたのだろうか。特に晴れが好きというわけではないが、雨だというだけで少しテンションが下がる。

リュックから備えておいた折り畳(たた)み傘(がさ)を取り出したところで、校舎入り口の玄関(げんかん)の屋根の下で立ち尽(つ)くす斎藤の姿があった。空を見上げ、ぼんやりと困り果てて佇(たたず)んでいるように見えた。

「傘(かさ)忘れたのか？」

「……はい」

先に出発しているはずの彼女がここにいる理由なんて一つしか思い付かず尋ねると、案の定その通りだった。普段なら絶対こんな人目につきそうなところで話しかけたりしないが、今回は斎藤が困ったように眉(まゆ)をへにゃりと下げていたので、つい声をかけてしまった。

さすがに困った人、それも知り合いを放っておくのは心が痛む。傘を買いに行くか迷ったが、残念ながらこの近くにはコンビニがないことを思い出した。唯一思い付いた手段は非常に気が進まないものであったが背に腹は替えられない。

「……一緒に入るか？」

「遠慮します。平気ですので」

勇気を出して若干緊張しながら唯一の選択肢を提案するが、冷めた声であえなく却下されてしまう。

「じゃあ、どうやって帰るつもりなんだよ」

「それは……」

言い淀む斎藤。何かしらの帰る手段があったなら先に帰ることが出来たはず。帰っていないということはそういうことだろう。相変わらず頼るのが下手なやつだ。困った時は頼って欲しい。じゃないとこっちが恩を返す機会がなくなってしまう。

「ほら、入れよ」

「ですが……」

傘を差し出して入るよう促すがまだ渋って入ってこようとしない。ちらっとこちらを上目遣いに見て口をきゅっと結んでいる。斎藤はどうも俺に気を遣っている節がある。彼女が体調を崩して保健室に運んだ時もそうだったが、おそらく噂になることを懸念しているのだろう。そして噂になって俺に迷惑がかかるのを心配しているのかもしれない。

「いいから。お前のために傘に入れてやろうとしてるんじゃない。俺のためだ。お前がいないと今日の分の本を借りられないだろ」

「……じゃあ、お願いします」

多少強引だったが理由を後付けすると、おずおずと広げた俺の傘の下へと入ってきた。

想像以上に距離が近い。すぐ横に彼女の華奢な肩があり、少し動かせばぶつかってしまう。ふわりとフローラルな香りが鼻腔をくすぐる。以前肩を貸した時にも嗅いだ甘い良い香りが彼女から漂ってくる。必然と彼女が異性であることを意識させられ居心地が悪く、一気に緊張がこみあげてくる。長時間は耐えきれなそうだったので、早足で彼女の家へと向かった。

「じゃあ、本を頼む」

「……少し待っててください」

彼女の家、というかアパートに着くと彼女はちらりと俺の方を見て、本を取りに中へ入っていった。彼女の家の玄関で待っていると彼女は奥の扉を開けて姿を現す。彼女のその手には本とタオルがあった。

「はい、どうぞ」

「……このタオルはなんだ」

「私のせいで肩が濡れているんでしょう？　着替えはないですが、せめて身体は拭いてください。濡れたままでいるのはよくありませんから」

　どうやら歩いている途中、傘を彼女の方に傾けていたことに気付かれていたらしい。俺の持っていた傘は所詮折り畳み傘、二人が入る余裕なんてものはなく、一人でぎりぎりのサイズだ。彼女が濡れないようこっそり彼女の方に傾けていたのだが、バレていたとは。

「いや、あと帰るだけだし別に……」

「ダメです。風邪でも引いたらどうするんですか？　別にあなたのために言っているんじゃありません。あなたに風邪を引かれたら私の気分が悪くなるから言っているんです」

　眉をひそめ心配した表情でさっき俺が言ったような随分都合がいい言い方をされれば、頷くしかなかった。

「……分かった」

　渋々上着を脱ごうとすると、彼女はバッと顔を逸らす。

「私があっちの部屋に行ってからにしてください！」

　声を少しだけ荒らげた彼女を見れば、うっすらと頬が朱に染まっている。別に女子と違って男の胸なんて隠すものでもないと思うのだが、あまり肌色に免疫がないのだろう。分かりやすくうろたえていた。白い頬をほんのり赤く染めてそっぽを向いたまま、ぱたぱたと急ぎ足で奥の部屋へと戻っていく。多少もたついているように見えるのは動揺しているせいだろう。部屋へと入っていく後ろ姿から見えた耳たぶは、心なしか色づいているように見え、彼女の恥じらい具合が分かった。

　彼女が部屋へ入っていくのを見届けて、改めて上着を脱いで濡れた身体を拭いていく。さっきまではなんとも感じていなかったが、拭いた後だと身体が冷えていたのだと気付く。もし拭かないまま帰っていたら、また風邪を引いていたかもしれない。

「……終わりましたか？」

　服の擦れる音が収まったことを目安としたのか、扉の向こうから声をかけられた。

「ああ、終わったぞ」

　俺がそう言うと、ひょこっと顔だけを扉から覗かせ、目に見えて安堵の表情を見せた。ほっとしたのは俺がちゃんと服を着終えていたことを確認したからだろう。

「じゃあ、これ、借りるな。ありがとう」

「いえ、気をつけて」

「お邪魔しました」

そう言って帰ろうとした時だった。ドンッと雷鳴が轟いた。

「ひゃっ」

ビクッと身体を震わせて、急に屈み込む斎藤。両手で耳を塞ぐようにして屈んだまま固まりうずくまる。

「大丈夫か？」

「……別に平気です」

斎藤の様子が心配になって声をかければ、上目遣いにこっちを半分睨むようにして見上げてきた。ただ、目を潤ませてそんなことを言われても強がっているのは丸わかりだ。ほんと人に弱い部分を見せるのが下手な奴だ。思わず、はぁと内心でため息をつく。こんな姿を見せられて放っておけるはずがない。

「もう少しだけここにいていいか？」

「別に私は大丈夫です」

「違うっての。ほら、えっと、なんだ……雷鳴っている間は外を歩くのは危ないだろ。だから鳴り止むまでここに居させてくれ」

「……」

理由を適当に考えてでっち上げると、一瞬、斎藤の表情がくしゃっとなった気がした。だがそれを確認する間もなく、俯いてしまい表情は見えなくなってしまう。下を向く斎藤は雷の音がまた鳴ると、ビクッとまたしても身体を震わせた。

「……少しだけでいいから。頼む」

「………仕方ありませんね。分かりました。そこまで言うならいいですけど、でもここではなんなので中に入って下さい」

「は？」

唐突な提案。もちろん俺にそんなつもりはなかった。二度目とはいえそう簡単に異性を家にあがらせるものだろうか？　一度目もたまたま斎藤が困った場面に出くわしただけなのに。思わず斎藤のことを見つめ返してしまう。

「こんなところで待たせるなんて、流石に私の良心が痛みますし。ほら、早く入って下さい」

「わ、分かった」

斎藤が怯えているのが見るに堪えなくて言っただけ。それだけなのに、どうしてこうなった？　とりあえず一気に加速した緊張を落ち着かせようと、一息吐いて中へと入る。斎藤の後に続き、前にも見たリビングへと通された。

「飲み物はお茶でいいですか？」

「あ、ああ」

「適当にそのソファにでも座っていて下さい」

「りょーかい」

指示をされ、ゆっくりと黒革のソファに腰を下ろす。部屋の中は静かで外の激しい雨音だけがやけに大きく耳に届く。ちらっとキッチンに目を向けると、斎藤がお湯を沸かしながら湯呑みの用意をしていた。


（何を話せばいいんだ……）


二度目だからと言って、女子の家で二人きりなんて状況、慣れるはずがない。気持ちを落ち着かせようとするが緊張は未だに残り続ける。ひたすら気まずい沈黙が過ぎていくのを堪えていると、コトンッと机に湯呑みが置かれた。

「はい、どうぞ」

「あ、ああ、ありがとう」

机に置かれたお茶を一口飲み、気持ちを落ち着ける。熱いお茶が喉を通りお腹に温かさがじんわりと広がっていく。お茶のリラックス効果のせいか少しだけ緊張がほぐれた気がした。

「それにしても、雷、苦手なんだな」

「はい、あまりいい思い出がないので」

「……そっか」

そっと表情に影を落とす斎藤に、それは触れられないなにかのような気がして、ただ相槌しか返せない。彼女が話さない以上それは避けたい話題なのだろう。聞いてしまったことに後悔が滲み始める。

「あなたは何か苦手なものはないのですか？」

いつもより冷めた声のように思えたのは気のせいではないだろう。

「そうだな……」

大抵のことは1人でこなせるし、苦手と言われるようなものはほとんどない。だがあえて苦手なものをあげた。

「梅雨は苦手だな」

「梅雨……ですか？」

「ああ、雨の日ばっかりで本が湿ったり、カビが生えたりするからな。梅雨は許さん」

心なしか沈んだ彼女をこれ以上見ていられなくて、おどけるように肩を竦める。

「ほんとに、あなたって人は……」

斎藤は一瞬きょとんとして固まった後、さっきまでの冷えた表情がほんのりと緩む。そのまま呆れたように、それでいて可笑しそうにクスッと笑った。沈んだ様子が消え、ふんわり微笑んだ彼女の様子に安堵してほっと心の中で息を吐く。彼女は何かを察したように、優しげな笑みで俺の方を見つめてくるので、その視線から逃れるように俺は顔を背けた。

「とりあえず借りた本、読んでいいか？　多分あと1時間もすれば雷もおさまるだろうし」

「はい、構いませんよ」

それ以上会話はすることなく、俺と彼女はそれぞれ本を読み始める。一緒にいることが功を奏したのか、その後雷が鳴っても多少ビクッと反応をする時はあったが怯えるほどのことはなかった。お節介だったかもしれないが少しは自分が役に立ったらしい。そのことに安心しながら、本に集中していく。二人きりという状況で緊張は抜けなかったが、いつしか周りのことは忘れて本の世界に入り込んでいた。


（今、何時だ？）

読んでいる物語に一区切りがつき、顔を上げる。時計を見れば既に1時間半は過ぎていた。気付けば外の雨音も弱まっていて雷は止んだ気がする。ここまで雨が収まれば斎藤が一人になっても問題ないだろう。

「ん、雷止んだみたいだし、帰るよ」

「分かりました」

本を読み進めていた斎藤に声をかける。荷物を持って帰ろうとすると、斎藤はパタンッと本を閉じて玄関まで後ろからついてきた。玄関で靴を履いて斎藤と向かい合う。

「じゃあな。タオルとか、本とかありがとう。それに家でも待たせてもらって悪いな」

「いえ……こちらこそありがとうございました」

「……何かしたか？」

なんとなくバレたくなくてとぼける。だが、斎藤は何かを察したようにため息を吐いて、それからふわりと柔らかく微笑み、ほんのりと頬を桜色に色付かせた。

「まったく、そういうところです。あなたがそうしたいならそれでいいんですけど。でも、本当に今回は助かりました」

そんな表情で真っ直ぐにこちらを見つめられては、はぐらかすことも出来ない。ただ礼を言われるのが恥ずかしくて、羞恥を誤魔化すようにそっぽを向きながら彼女の礼を受け取った。

「……はいよ。じゃ、また明日な」

「はい、また明日」

彼女の家を出れば収まると思ったが、いつまでも微妙に心が落ち着かなかった。

◆◆◆

昼休み、斎藤からの連絡で今日も特に用事は無さそうだったので、いつものように下駄箱のところで彼女を待つ。ほぼ毎日の日課なので大体いつ頃彼女が来るか予想できるようになっていた。腕時計を見れば、いつも来る時間。おそらくそろそろだろう。そう思っていると斎藤が廊下の奥の方から歩いてくるのが見えた。そんな時だった。

「斎藤さん、少しいいかい」

斎藤が姿を現すと、彼女に話しかける男が1人いた。見るからに爽やかなイケメンで、和樹とはまた違ったかっこよさがある。スタイルも良くて身長は多分180センチはあるんじゃないだろうか？　斎藤は女子の平均と比べても少し低いので、よりその背の高さが際立つ。もしかしたらあれが前に和樹が話していた三年のかっこいい人かもしれない。確かサッカー部の部長と言っていた気がする。

「……なんですか？」

そんな人にこんな人気の多いところで声をかけられ、斎藤は冷たい目線で警戒していた。以前はよく見ていた壁を作るような距離感、久しぶりのその雰囲気にどこか懐かしさすら感じる。最初生徒手帳を渡した時は確かにこんな感じだった。

「どうしても諦めきれなくてさ、斎藤さんのこと好きなんだ。付き合ってください」

まさか、こんな人気の多いところで告白するとは。思いがけない目の前の光景に驚愕する。思わずガン見してしまった。俺ならこんなこと絶対出来ない。そもそも告白すらしたことないのだが、こんな周りの注目を浴びるような状況でよくできるものだ。辺りを見回してみれば、周りの人達も同じ思いのようで奇異な目で2人を見ていた。これだけかっこいい人に告白されて斎藤はどう返事をするつもりなんだろうか？

「すみません、以前もお断りしましたが、私は今誰とも付き合うつもりはありませんので」

「……じゃあ、せめて友達からでも仲良く出来ないかな？」

予想通り斎藤はばっさりと切り捨てたが、それでもなんとか関係を持とうとしている。まあ、その程度で諦められるなら最初からこんなところで告白しないだろう。

「ごめんなさい。それも遠慮させてもらいます」

「そっか、呼び止めてごめんね」

「いえ、では失礼します」

　これ以上はしつこくなると思ったのかその後はすぐに引き下がった。斎藤はぺこりと頭を下げ、告白した彼(かれ)を置いてスタスタと歩いて靴を履いて校舎を出て行く。意外と呆気(あっけ)なく告白の現場は収まり、周りの人ももう終わりか、とそれぞれ行動し始めた。

　あの話しぶりからして以前にも同じように言い寄られたことがあったのだろう。和樹もそのようなことを言っていた気がする。そこで一回振(ふ)ったにもかかわらずもう一度告白してきたという感じか。周りからの視線が有れば断りにくいとでも考えたのだろうか？　まあ、一般(いっぱん)の人だったらそれも効果的かもしれないが、あの斎藤には全く意味をなさなかったらしい。やはり、噂通り異性を避けているのは本当なのだ。最近の斎藤を見ていてなんとなくその意識が薄れていたが、改めて再認識(さいにんしき)する。

　なら、異性であるにもかかわらず、俺に対して柔らかい対応なのはそれだけ信頼してくれているということだろう。まあ、信頼というよりもただ貴重な本好きの友達だから優しくしているという可能性も否(いな)めないが。どちらにせよ、せめて斎藤からの信頼は裏切らないようにしよう。そう心に誓(ちか)った。

　思いがけない出来事があったが、あとはいつも通り斎藤の後ろをてくてくと歩いていく。

告白の現場で呆気に取られて多少普段より距離が空いているが問題はない。慣れたもので斎藤の家への行き方はもう完璧に覚えたので、最悪斎藤を見失っても彼女のアパートにはたどり着ける。相変わらずの煌めく髪を靡かせる姿に、綺麗だなと思いながら斎藤の家へと向かった。

アパートへと着き扉の前に来ると、斎藤はこちらを向いてぺこりと頭を下げて謝ってきた。

「さっきは見苦しいところを見せてすみませんでした」

「あー、さっきの告白のことか？　別にあれはお前のせいじゃないだろ。相手がしてきたことなんだからお前が避けられるものでもないし」

「まあ、そうですけど」

「それより、告白断ってよかったのか？　男の俺から見てもかなりかっこいい人だとは思ったぞ」

あれだけかっこいい人はなかなかいないと思う。和樹によるとそれなりに女子からの人気もあるみたいだし、普通だったら多少は迷ったとしてもおかしくないと思う。だが斎藤は特に意に介した様子もなく冷めた表情のままだった。

「別に、見た目は重視していないですし。それにああいう人は大抵私の外見しか興味持たないで近づいてきますから」

「ああ、まあ、確かにな」

元々斎藤は異性相手に距離を置く傾向にあるのだから、それでも近づいてくる人は特に親しくもない人達しかいないだろう。それで好きですと言われたところで確かに断るのは当然かもしれない。相変わらずブレない斎藤につい苦笑してしまう。ここまで警戒されてはそもそも親しくなれないのだから、付き合うなんてことはほぼ不可能だろう。

「その点、あなたはちゃんと私のことを見てくれるので信頼しています」

「そりゃどうも。まあ、今日の対応を見たら、お前が塩対応で有名な女子だったことを思い出したよ」

「？　どういうことですか？」

「え？」

あの懐かしい雰囲気を思い出して言うと、不思議そうにきょとんとして首を傾げた。どうしても具体的に話そうとすると自惚れているかもしれない思い込みが混ざるのでどう説明したものか迷う。ただ躊躇ったところで他に説明の仕方が思いつかないので、勘違いだった時はその時、そう思って口を開いた。

「いや、まあ……これで俺の気のせいだったら恥ずかしいんだが、前よりは俺に対して当たりが強くなくなっている気がしていたから。普通に本の感想の話をしたりするしさ。今日、さっきの男子への対応を見て、そういえば最初の方はこんな感じだったなって思い出したんだよ」

「……確かに、あなたが相手の時は警戒する必要がないと分かりましたし、そのおかげで普通に話していますからね」

「そ、まあ、それだけ友人として信頼してくれているのは純粋に嬉しいし、これからもよろしくな」

「友人……」

何か引っかかったように固まる。柔らかかった表情が少しだけ険しくなり、眉を寄せて怒ったようなそれでいて悲しそうなそんな表情に変わった。斎藤の急な変化に思わず戸惑う。

「どうした？」

「……いえ、これからも友達としてよろしくお願いします」

そう言う斎藤は口をきゅっと結び、どこか複雑そうだった。

斎藤には凄く感謝している。あれだけ何度も本を貸してもらっているし、以前は本一冊だけだったが今では毎日二冊貸してもらっている。前と違って持ってくる手間がなくなったとはいえ、ほぼ毎日男が家に訪ねてくるようになったのだ。それはそれで十分ストレスにもなるだろう。

それだけお世話になっているので、何かお返しをしたいとは常々思っていた。もはやお世話になりすぎて、一度のお返しでは到底返せなそうだが。

そしてそのお返しをする絶好の機会というのが、丁度二週間後にある彼女の誕生日だ。普通にお礼としての贈り物を渡しても断られそうだが、誕生日プレゼントに託けて渡せばさすがに受け取ってくれるだろう。

彼女の誕生日は知っている。たまたまだが、最初生徒手帳を拾った時に自分の誕生日のちょうど二ヶ月後だったので覚えていた。この絶好の機会を逃すわけにはいかない。そう思い、俺は声をかけた。

「なあ、何か欲しいものとかあるか？」

お礼として何かを贈る以上、相手には喜んで欲しいものだが、残念ながら彼女の気に入りそうなものをほとんど知らない。そんな中で考えたところで、何かいいものを思いつくはずもないわけで、取れる選択肢は聞くことしかなかった。

ただ聞き方はもう少し考えるべきだった。なんのひねりもない単刀直入な聞き方をしてしまったせいで、彼女はきょとんとして不思議そうに首を傾げた。

「どうしたんですか、急に？」

「いや……甘いもの以外にあんまりお前の好きそうなものとか知らないから」

「ああ、なるほど。好きなものならあなたもご存知の通り本ですよ。でも、欲しいものですか……」

納得したように頷いて考え始める。幸いな事に自分の誕プレのために聞かれている事に気付いた様子はない。腕を組んで考え込んでいるが何も思いつかないのか、いつまで経っても口を開かず唸っていた。

「んー」

「なんかないのかよ」

「そうは言われてももともと私、物欲少ないですし……」

彼女としてもなんとか何かを搾り出そうとしているが本当に思いつかないらしく、眉をへにゃりと下げて困った様子だ。だがしばらく考えていると、やっと思いついたのか顔を上げて少しだけ表情を輝かせた。

「あ、ありました。一つありました」

「お、なんだ」

「『被告人Ａの告白』という新刊の本です」

「……本かよ」

彼女らしいといえば彼女らしい答えに思わず呆れてしまった。華の女子高生が望むものとしては些か渋い気がする。普通なら化粧品やアクセサリー、バッグなんかを望みそうなのに、まさか本とは。想定外の要求に苦笑するしかない。

「別に買えなくはないですが、新刊ですから面白いか分かりませんし、ハードカバーなので高いんですよ」

「なるほどな。確かにハードカバーって高いよな。俺もよく買うのは文庫本だし」

「そうなんですよね。ハードカバーを買わないと文庫本にならないのは分かっているんですけど、高校生には少し厳しいです」

「まあ、確かにな」

　多くの本はハードカバーが売れないと文庫本にならない。最近では最初から文庫本で出ることも増えてきたが、それでもハードカバーから文庫本への流れはまだあるし、本当に本好きならハードカバーで買った方がいいのだろう。だがどうしても高額で高校生にはなかなか手の届かないものだ。

「そういえばいつから本読んでるんだ？」

「私ですか？　割と小さい頃から読んでますね。昔から絵本を読んでもらうの好きでしたし。きっかけはお母さんに毎日読んでもらっていたことでしょうか？　あれから毎日本を読む習慣がついた気がします」

「へー、そんなに毎日読んでもらっていたのか」

「はい、本当に毎日読んでもらっていて幸せでした」

　そう言う斎藤はほのかに笑みを浮かべた。最近たまに見る微笑みのようにも見えたが、なぜか儚くどこか懐かしんでいるようにも見えた。

「まあ、お前がどれだけ本を好きなのかは分かったよ。それで本以外には欲しいものないのか？」

「うーん、やっぱりないですね」

　最後の希望に賭けて聞いてみたが、予想通り欲しいものは本だけだった。彼女としては別に誕プレにもらうと思っていないから、ただ思いついた欲しいものを言っているだけなのだろう。渡せば喜んでくれるだろうが、なんとなく違う気もしてピンと来ない。

結局、彼女の嗜好（しこう）や欲しいものが分からず途方（とほう）に暮れてしまう。彼女は困り果てた俺を不思議そうに首を傾げて見ていた。

土曜日、バイトが夕方からなので斎藤が話していた新刊を探しに本屋にやって来た。

この本屋はよく訪（おとず）れる本屋なのでどこにどんな種類の本があるかはほぼ把握（はあく）している。とりあえず外出で暇（ひま）な時間が出来たら本屋に寄っていたら、気づけば本の位置を覚えていた。

本屋というのはついつい長居してしまう。本が沢山（たくさん）並んでいる光景自体に気分が上がるし、新しい本との出会いもあるし、本好きにとって本屋はまさに天国だ。幸せで気づけば長時間滞在（たいざい）することがしばしば。

そして長く居たのに、何も買わないで帰るのは申し訳なくて、新しい本を買ってしまうのだ。たとえ、今読んでいる途中の本があったとしても。結果積んだ本がまた一冊増えるところまでがお決まりだ。まったく、本屋は恐（おそ）ろしい。見慣れた店内をゆっくりと回っていく。最初は見つかるか不安だったが、新刊ということもあり店頭の棚（たな）に置いてあったのですぐに見つかった。

（お、あった、これか）

手に取って値段を確認する。価格は1700円。文庫本なら3冊は買えるかもしれないくらいの価格。ハードカバーなら、まあ、妥当な値段だが、これなら確かに少し買うのを躊躇ってしまうのも分かる。作者は有名な人で、もう何十冊も推理小説を書いている人なので、面白さは保証されているだろう。あらすじを読んで、俺自身も興味が湧いてきた。

いい本だと思う。これなら確実に斎藤は喜んでくれるだろう。だが、これを誕生日プレゼントにするのはいかがなものだろうか？　別に悪くはないのだが、もっと彼女を喜ばせられるようなものを渡したいという欲求が残り続ける。とりあえず一旦、保留にしようと棚に戻した時だった。

「あの……」

急に後ろから声をかけられて思わずビクッとなってしまった。振り返れば見慣れない私服姿の斎藤が立っていた。

「え？　斎藤？」

「はい、あなたも本屋に来たんですか？」

「まあ、そうだな、見ての通り」

思いがけない斎藤の登場を前に、戸惑いながらも言葉を交わす。

斎藤はグレーのコートを羽織り、覗く足には黒いブーツを履いていた。髪型は普段の学校生活の時から多少髪を内巻きにしているのだが、今日は特にゆるふわといった感じのパーマっぽい髪型で可愛らしいイメージが強い。心なしか普段よりしっかりと化粧をしているようで、元々の整った容姿とあいまって非常に目の毒だった。ぷるんと瑞々しい唇には普段は見ないグロスが薄く塗られて色っぽくつい目を惹かれる。普段はあまり意識しない異性というのを強く感じ、あまり目を合わせられず視線を斜め下にずらした。

「何か読んでいたんですか？」

「んー、まあ色々適当に探してた感じ」

まさか斎藤の誕プレ探しに来ているとは言えず、曖昧に誤魔化す。ちらっと斎藤の手元を見ると、この本屋の紙袋や他にも食料品らしき買い物袋を持っているのが目に入った。

「そっちはもう買ったのか？」

「はい、色々回ってもう戻ろうと思ったらたまたま見かけたので声をかけさせてもらいました」

そう言って沢山の買い物袋を掲げるように持ち上げる。ただかなりの量なのでとても重そうで、斎藤の腕も少しぷるぷると震えていた。

「そっか。……よかったら持とうか？」

「え、まだ本を見てるんじゃないんですか？」

「一応用事は済んだし、別に他に寄るところもなくて帰るか悩んでいたから問題ない」

とりあえず斎藤が欲しがっている本がどのようなものかは確認が取れたので出かけてきた用事は済んでいる。それよりも斎藤がとても重そうにしているので、放っておけなかった。一瞬断られるかも、と思ったが、俺の提案に迷うように視線を彷徨わせながらも、おずおずと頷いた。

「えっと……じゃあ、お願いできますか？」

「あいよ。あ、でも一冊本を買いたいから少し待っててくれ」

そう言い残して、以前ネットで調べて気になっていた本を手に取りレジへと向かう。

やはり本屋に寄ったのに何も買わないのは気が引ける。それにここの本屋は俺の家の近くで唯一の本屋なのだ。潰れてもらっては困る。……また一冊積読の本が増えたが気にしないでおこう。

余計なことは頭の片隅に追いやり、レジで会計を終える。

「悪い、待たせたな」

「いえ、構いませんよ」

「なら、よかった。じゃあ、今度こそ荷物持つ」

右手を差し出すと、斎藤は「では、お願いします」と一言添えて控えめに荷物を預けてきた。荷物を手に持った瞬間、ずしりとかなりの重さが腕に伝わってきた。

「んじゃ、家まで運べばいいか？」

「はい、よろしくお願いします」

重くなった腕に力を入れて一緒に歩き出した。ショッピングモールを出て大通りを並んで進む。これまでは彼女の後ろをついていくばかりだったので、並んで帰るのは新鮮だ。久しぶりに隣に斎藤がいる感覚というのはどうしても慣れず、少しだけ落ち着かない。そわそわする気持ちに微妙な居心地の悪さを感じながら歩き続ける。だんだんと前に立ち寄ったアイス屋が近づき、目の前を通った時、斎藤がアイス屋の看板の前でピタッと立ち止まった。

「どうした？」

「期間限定のアイスが今日までみたいです。その……一緒に来てください」

「なんで俺が……」

今は荷物もあるし、何よりこんな休日にお店で同い年の女子とアイスを食べるなんてまるでデートみたいではないか。友達と行くことがあまりないと言っていたが、それなら後で一人で行けばいいと思うのだが。

「前に誰も一緒に行く人がいない時は一緒に行ってやるって言ってくれましたよね？」

言われて思い出す。確かに前にそのようなことを話した気がする。おそらく前回一緒に来た時にそんな感じのことを言ったはず。その時は斎藤の気休め程度になればと思って言ったつもりだったんだが……。

「まあいいけどさ……なんで一人で行かないんだ？」

「一人は……緊張してしまいます……」

普段の強気な彼女と違い少ししおらしい姿は無性に可愛く、そして面白く、つい笑いが溢れる。珍しい表情は普段の無愛想さから想像がつかないほど人間味に溢れていた。

「なに笑ってるんですか？」

「いーや、なんでもないよ。じゃあ行こうぜ」

不慣れな空間に行ってまで食べたいとはよほど気に入ってくれたらしい。あるいは期間限定に惹きつけられたか。とにかく二度も行きたいと思ってくれているなら、前回強引に連れて行った甲斐があったものだ。

行きたい理由に妙に納得して、それなら一緒に行くのも仕方ないと思ってしまった。

「絶対馬鹿にされている気がします」

俺に笑われたことを気にしているのか、斎藤は頬を少し膨らませてむっとしている。威嚇の意味も込めて睨んでいるのだろうが全然怖くなく、その姿がまた小動物っぽくて笑ってしまった。


お店へと入り座る場所を確保すると、なにやら斎藤はやる気に満ちて目を輝かせた。

「今回は私が注文してきます。あなたは何がいいですか？」

「お、ありがとな。じゃあ、抹茶で」

「分かりました」

前回は俺が頼んだのでその借りでも返そうと思っているのだろう。お願いするとすたすたとレジの方へ一人で行ってしまった。やたらと自信ありげだったが大丈夫だろうか？

一応メニュー以外にも頼むものが色々あるのだが。

「え⁉　ト、トッピング⁉　ど、どうしましょう……」

案の定、彼女の慌てふためく声が聞こえて来る。テンパりしどろもどろになりながらなんとか店員の案内を聞いて注文をしていた。３、４分ほど格闘していたがどうにか注文を終えたらしい彼女は、何か一仕事を終えたような顔をして戻ってきた。

「お疲れ様」

「まさか、トッピングまであんなに色々あるとは思いもしませんでした」

「めちゃくちゃ焦ってたよな」

「あ、あれは、少し想定外だっただけです。忘れてください」

普段見ない焦った姿が面白くついからかうと、ほんのりと白い頬を朱に染めて、ぷいっとそっぽを向いた。あれが少し、と呼べるかはいささか疑問だが、そこにつっこむのはやめておこう。

「12番の方ー」

少しの間椅子に座って待っていると俺たちの番号が呼ばれた。一緒にアイスを取りに行き、店員さんから渡してもらう。隣を見ると、慣れていないせいかアイスを持った斎藤はぎこちなく歩いていた。微妙に緊張した面持ちで運ぶ姿に思わず吹き出した。

「なんですか?」

「な、なんでもないから気にすんな」

緊張しているせいか強張ったままの彼女の動きが面白すぎる。ただ、これ以上笑うと本気で睨まれそうなのでやめておこう。

店内に置かれた椅子に座ると、彼女も隣に腰掛けてきた。そこでも手に持つアイスを意識しすぎているせいか、多少動きがぎこちなかったのでまた笑いそうになったものの、隣にいるので流石に控えておく。

椅子に座った彼女は目を輝かせて、手に持つアイスを見つめている。きらきらとした目で見つめるその表情はどこかあどけなくて年相応の可愛らしさがあった。

「じゃあ、食べるか」

「はい、いただきます」

食事の挨拶を言うと、彼女はなんだか慎重な手つきで一口すくって口に運んだ。

期間限定物というのはたまに外れの味があるのだがどうだろうか？　彼女の様子を窺うとどうやら当たりだったらしく、口にした彼女は目を丸くして、そしてほのかに口元を緩めた。最近は以前ほど無表情である時が少なくなっている気がする。

一口、また一口と口にアイスを運ぶたびに目をヘニャリと細め、緩んだ頬をほんのりと紅潮させ続ける。綻ばせた口元には僅かながらも笑みが浮かんでいた。

「……？　なんですか？」

つい凝視しすぎてしまった事に気付いたらしい彼女は不思議そうにしてこてんと首を傾げる。さらりと艶やかに煌めく黒髪が揺れた。

なんだか見ていられなくて、ついっと目を逸らしてしまった。

「随分美味しそうに食べるんだなと思って」

「勿論です。だって美味しいですから」

「……そうか」

ほんわりと微笑む彼女には、花が舞い散るような美しさがあって非常に目の毒だった。

アイスを食べ終えてお店を出る。寄り道をしてしまったが、今度こそ斎藤の家を目指して進んでいく。

「それにしてもこんなに何買ったんだ?」

「基本的には食料品ですね。あとは日用品もいくつか買いました。今日は安売りしていたのでついつい買い過ぎてしまって重かったので、本当に助かります」

「そうか、まあ、帰るついでだし気にするな」

彼女の言葉を聞いて思う。食料品に日用品、そんなのを沢山買う女子高生なんてなかなかいない。これまで家を訪ねた時も親がいる気配はなかったし、彼女は一人暮らしをしているのだろう。だが一人で暮らすにはあまりに広すぎるあのアパート。裕福な家庭なのは間違いない。なんとなく彼女の家庭の事情が透けて見えた気がした。

「本も買ってるよな。　一体何を買ったんだ？」

　家庭の事情なんて他人がそう簡単に触れられるものでもないのでとりあえずは頭の片隅に追いやり、ずっと気になっていたことを尋ねる。　さっきから彼女の手に持つ本屋の袋が気になって仕方なかった。

「聞いてください。　今、田中くんに貸しているシリーズがあるじゃないですか。　あれが文庫本で刊行されるようになったんです」

　目をきらりと輝かせて嬉しそうに袋から本を取り出して見せてくる。　確かにその本は今読んでいるシリーズの文庫本サイズの第1巻だった。

「おお！　まじか！　それは知らなかった」

「先週、出たばっかりでずっと待ってたんですよ。　しかも書き下ろしの話まであるみたいですし、楽しみです」

「ぜひ読み終わったら貸してくれ」

「はい、その時は必ずお貸しします」

　まさか文庫本として刊行されるようになるとは。　しかも書き下ろしの話まであるなんてまた楽しみが増えた。　まだシリーズ全部を読み終わっていないし、楽しみが増え過ぎてにやけそうだ。

それにしても文庫本ならハードカバーに比べれば安いし、今度買ってもいいかもしれない。そう思いながら歩き進めた。

「運んでくださり、本当にありがとうございました」

斎藤のアパートへと到着し扉の前まで来ると、ぺこりと頭を下げた。

「いいって。そんな重そうなの持ってたら放っておけなかっただけだし」

「そうですか。この後その……お茶でも飲んでいきますか？」

「へ？　なんで？」

「えっと……ほら、荷物を運んでくれたのでそのお礼にです」

律儀な奴なのでお礼をしたいのだろう。その気持ちはありがたいが、このあとはバイトがあるし、何より女子の家に入って2人きりになるのは避けたかった。今日の斎藤はお洒落をしているせいで特に可愛いので、緊張で無言になるのは容易に想像がつく。そんな状態になるのが分かっていて、わざわざ入る奴はいない。

「ああ、いや、大丈夫だ。このあと用事があるし」

「そうですか……。分かりました。本当に今日はありがとうございました」

「はいよ、じゃあな」

「はい、また学校で」

余程お礼をしたかったのか、部屋に入るのを断った時、しゅんと少しだけ落ち込んだように見えた気がした。


土日が過ぎ去りまた平日、授業終了のチャイムが教室に鳴り響く。

「では、これで授業を終わる。来週までに課題やっておくように」

「起立。礼、着席」

委員長の挨拶で授業が終わり、教室のみんながそれぞれ動き始める。

「なぁ、今日は久しぶりに屋上で食べようぜ」

「え、いいけど、いつも学食なのに珍しいね」

「まあ、気分だ」

やっと終わった授業の疲れを感じながら、昼休みに入ったので和樹を久しぶりにご飯に誘う。和樹は少し驚いた表情をしていたが、快く承諾してくれた。

気分だ、なんて言ったがそんなのは嘘だ。斎藤にあげるいいプレゼントが本以外に思いつかず、苦肉の策として和樹を頼ることにした。こいつなら女子慣れしているし、そういうのに詳しいだろう。ただ、俺が誰かに渡すプレゼントを探しているとなればこいつは容赦なく探ってくるのは想像できた。きらきらした表情でめっちゃ楽しそうに聞いてくるところまで目に浮かぶ。今からその追及が来ると思うと憂鬱になってくる。

とりあえず屋上へと出ると、今日は快晴で程よく暖かった。最近は寒くなってきていたので、こんな気候は久しぶりだろう。もうすぐ冬か、とどこか他人事のような感想が思い浮かぶ。のどかな暖さにくつろぎながらベンチへと向かい、ちょうど空いていた所に座って購買で買っておいたパンの袋を開けた。

「それで？　何か相談でもあるんでしょ？」

「よく分かったな」

「まあね。相談してくるときは大抵屋上だからね。わざわざ湊から誘ってくるなんて相談があるとしか思えないよ」

「相変わらず勘のいい奴だな」

いつもならその勘の良さに救われているのだが、今日に限ってはそれが一番面倒だ。相談すれば色々詮索してくるだろう。

さて、どう説明したものか、悩みながらゆっくりと言葉を紡いでゆく。

「まあ……一つ相談というか質問なんだが、お前は女子にどういうのを贈り物としてあげているんだ？」

「女子に、贈り物？　ふーん？」

　俺の話した単語を拾ってにやりといつものからかうような笑みを見せてくる。

「いいから教えろって。よく女子とデートしたりして仲良くしてるんだから誕生日プレゼントとかあげてるんだろ？」

「はいはい。そうだねー、よくあげるのはやっぱりお菓子だよね。友達だったら基本、有名店のお菓子なら外れがないし大抵は喜んでもらえるよ。女子なら特に甘いものは好きだし、チョコとかケーキとかその辺りがおすすめかな」

「お菓子……か」

　和樹が口にしたのは、以前柊さんにアドバイスしたようなことと同じことだった。確かにお菓子は一番無難で余程酷いものをあげない限り喜んでもらえるだろう。だが日頃の感謝を含めて渡すのはどうなんだろうか？　いまいちピンと来ない。

「うん、あ、でも、仲良い子とかお世話になってる子だったらもっとちゃんとしたのあげるかなー？　美容系の物とかアクセサリーとか。湊があげるとしたらそっちにしたらいいんじゃない？　特別感出るよ？」

　にひっとどこか少年っぽい無邪気さで笑う和樹。本当に察しが良すぎる。まさに斎藤にはお世話になっていてそれなりにちゃんとしたものを渡したいと思っていたところでこれだ。必要としている情報を見抜いて教えてくれるあたりほぼ気付かれているのだろう。

「なるほど、そのあたりか。参考になった」

「いいって。それより親しい女の子って誰？　湊にそんな贈り物をしようとするほど仲のいい女の子がいるなんて初耳なんだけど！」

相談が終わると、今度は僕の番、とばかりに早口でぐいぐい詰め寄ってくる。はぁ、ほんと予想通りだ。

「うるさい、ただ気になっただけだ」

「湊は本当に強情だなー。まあ、それはいつか聞くからいいけど。あ、あと一つアドバイスとしては、女子に話を聞いてみるのもいいかもね。やっぱり男子の意見と女子の意見で違うところはあるし」

「分かった。１人心当たりがあるからその人に相談してみる」

「え？　ちょっと待ってよ!?　湊にそんな相談出来る異性までいるの？　いつの間にそんなにリア充になったんだい？　ちょっとは教えてよー」

「……相談相手はバイト先にいる同い年の人だ。前に話しただろ。それ以上は言わない」

「あー、確かそんなこと言ったね。いつの間にかそんな相談出来るほど仲良くなって。湊が成長していて僕は嬉しいよ」

「やめろ、その保護者目線」

まあ、こいつのおかげでバイトを始めるきっかけができたし、柊さんとも知り合えた。周りと仲良くするアドバイスを色々貰ってもいるので、一応世話にはなっているのだが、温かい目で見守る感じが非常に腹立たしい。

「息子が反抗期で、私悲しい」

「きもい。裏声使うな」

流石に裏声まで使われればきもすぎてつい口が悪くなる。ほんとこいつは……。

思わずはぁ、とため息が出る。助けてもらうこともしばしばあるのだがどうにも感謝する気にはなれなかった。

「まあ、とりあえずそのバイト先の人に聞いてみるのはいいと思うよ。参考になる意見は聞けると思うし。あとは……もしかしたら、これでそのバイトの人と仲良くなって付き合う、なんて展開になるかもしれないからね」

「なんねえよ。まあ、相談に乗ってくれてありがとな」

柊さんはただのバイト仲間だ。それ以上でもそれ以下でもない。ときどき相談したり、相手の相談に乗ったりしているので今回も話くらいは聞いてくれるだろう。幸い今日の放課後は久しぶりに柊さんとシフトがかぶっているのでタイミングがちょうどいい。和樹の話も参考になったし、柊さんに相談してみて、それから何にするか決めるとしよう。そう思い昼休みを過ごした。

　和樹にも話した通り、柊さんに相談するためにバイトの締め作業を続けながら、その機会を窺う。和樹も言っていたが女子からの意見は参考になるだろう。柊さんは斎藤と少し雰囲気も似ているのでもしかしたら好みも近いかもしれない。とりあえずは聞いてみてからだな、そう思いながら締め作業を終えた。

「柊さん、少しいいですか？」

「はい、なんでしょう？」

　声をかけられると彼女はきょとんとして不思議そうな表情を見せてくる。

「実は相談したいことがありまして……」

「……いいですよ」

　元々そこまで仲がいいわけでもないので一瞬断られるかもしれないと思ったが、妙な間がありつつも彼女は頷いてくれた。

「もうすぐ俺がお世話になってる人が誕生日なんですよ。それで何を贈ったらいいか迷っていまして……」

「その人は何か好きなものないんですか？」

「この前聞いたら、本が好きだって言っていました」

「それでしたら本でいいと思いますけど？」

「うーん……」

やはり本がいいのだろうか。一番安全な選択肢であることは分かるが微妙に引っかかる。せっかくの誕生日プレゼントだというのに、本というのはなんというか味気ない気がする。

「そんなに悩むなら別に渡さなくてもいいのではないですか？」

さらに悩んでいると痺れを切らしたのか、冷めた声でそう提案された。だがそんなこと出来るはずがない。

「いえ、自分が渡したいんです。本当にお世話になっているんですよ。別に本を貸す義理なんてないのに毎回ちゃんと嫌な顔せず、むしろ嬉しそうに貸してくれますし、たまに寝不足になるんですけど、そういう時とかさりげなく心配してくれたりして本当に感謝してるんです。口うるさい時もありますけど、そういう時々の優しさには助けられているんですよね。まあ、こんなこと恥ずかしくて本人には言えませんが。だから……ってどうかしましたか？」

本人に言っているわけではないが、やはりこう本音を他人に話すというのは気恥ずかしい。だんだんと羞恥に駆られて早口で話していると、柊さんはレンズの奥の目を丸くして固まっていた。妙な様子に声をかけると、ゆっくり目線を下げ俺から目を逸らすようにうろうろと地面に視線を彷徨わせ始める。心なしか頬がうっすらと色づいているように見えた。

「……べ、別に気にしないで。続けて」

様子が気になり尋ねたがいつものようなツンとした声でそう言われてしまった。平然とした声だったので問題ないだろうと、とりあえず話を続ける。

「そうですか？　まあ、だからこういう時に彼女に何か返してあげたいんです。日頃の恩を返す意味でも彼女には喜んで欲しいので。俺、喜んでいる時の彼女の笑顔結構好きなんですよね」

目をへにゃりと細めて嬉しそうに笑う彼女は人としてとても魅力的だ。見ていてとても癒されるし、何度も見たくなる。普段無表情なので滅多に見られないが、その分あの笑顔を見た時はこっちまで幸せな気分になる。喜び、嬉しそうにしている彼女にはそれだけの影響を与えてくる魅力があった。

もちろん、恩返しというのが一番の理由だ。だが、彼女の笑顔を見たい。笑顔になって欲しいという気持ちも無視できない程度にはあった。

「……な、なるほど。だったらやっぱり確実なのは本だと思いますよ。あと……それに加えてアクセサリー的なのはいいと思います」

ほんの少しだけ普段より上擦ったような声でおずおずと教えてくれた。

「そうか、そうですね！　二つあげてはダメという決まりはないですよね」

彼女には喜んで欲しいので本はあげたかった。彼女も本心から本は欲しがっているだろうが、なんとなく引っかかっていた原因は、彼女が多分見せていない部分があるからだろう。彼女も普通に女の子なのだ。それはアイスなんかの甘いものが好きなことからも分かる。本当は彼女だって綺麗なものや可愛いものなども好きな気がするのだ。もう一つのプレゼントはそういった系統のものをあげるとしよう。……すげなく断られそうな気もするがその時はその時だ。

「ええ、そうするといいと思いますよ。それでは」

「え、あ、はい、ありがとうございました」

ためになるアドバイスをくれた彼女は、すぐ逃げるように足早に更衣室に行ってしまった。呆気に取られて先に行ってしまった彼女を呆然と見届ける。すたすたと去っていく彼女の後ろ姿から見えた耳たぶは、ほんの少し茜色になっていた気がした。

斎藤side

（知らなかった。彼があんなに色々私のことを想ってくれてたなんて）

あまりの居た堪れなさについ逃げ出すようにしてしまった。別れ際に挨拶はしたと思うけれど、いきなり別れて変に思われていないだろうか？　気が動転しすぎてその後の記憶がない。気付けばベッドに飛び込んで顔を枕に押し付けていた。

なんていうか色々ありすぎて頭の中がぐちゃぐちゃだ。全然整理できていない。ずっとぐるぐると頭の中が回り続けている。とりあえず、落ち着かないと。そう思って深呼吸をすると、またさっきの彼のセリフが頭の中で繰り返された。

『俺、喜んでいる時の彼女の笑顔結構好きなんですよね』

～～～～っもう！　全然落ち着かない。さっき言われた彼の言葉が頭から離れないせいで、もう自分が自分で分からない。あんなセリフ、ずるい。あんなこと言われたら照れない方がおかしい。顔は熱いし、彼のことを考えるだけで頭の中がわけ分からなくなるし、もう全然考えがまとまらない。

思わず枕に顔を押し付けたままその枕を抱き締める。そのまま混乱で何も整理できずにしばらくの間ベッドの上で悶え続けた。

「…………はぁ」

やっと少し落ち着いてきたところで枕から顔を上げる。ずっと顔を枕に押し付けていたせいで、顔を上げただけで少し涼しい。苦しかった呼吸が楽になり、酸素が体を巡るのを自覚する。やっと冷えてきた頭で今日あったことを振り返った。

前に欲しいものを聞かれた時から一体なんだろうと思っていたけれど、まさか私の誕生日プレゼントを探してくれているとは思わなかった。おそらく知ったとすれば私の生徒手帳を拾った時か、あるいは噂で聞いたのかのどちらかだろう。どちらにしても周りの人に相談してまで真剣に考えてくれるのはやっぱり嬉しいし胸があったかくなる。多少、こっそり聞いてしまったような罪悪感はあるけれど。

『彼が私の誕生日プレゼントを真剣に探している』、その事実を考えれば考えるほどに嬉しくなる。どうしてだろう？　誕生日プレゼントをもらったことはこれまでに何度もあるのに。ただ彼が自分のために一生懸命に考えてくれているのがたまらなくドキドキする。にやけそうになる。

これまで薄っぺらい言葉で、祝福をしてくれた人は何人もいたけれど、彼は違った。表面だけの言葉じゃなくて行動で示してくれた。だからこそ、その真剣さでどれだけ私のことを想ってくれているのか伝わってきた。

彼は彼なりに私に助けてもらっていると思っていたらしい。別に私にその自覚はなかったけれど、少しでも助けになれていたならよかった。彼から何度も助けてもらい、どう返していいか分からなかったので、返せていたことにわずかだけ心が軽くなる。彼の力になれていたことにほっと息を吐いた。

本当に彼には救われてきた。落ち込んだ時には優しく気遣ってくれたし、不安になった時は側にいてくれた。危なかった時は助けてくれた。何度も、何度も、何度も。

そんな彼が私の笑顔を好きだと言う。少し恥ずかしいけれどその言葉はとても嬉しい。確かに彼の前だといつのまにか自然に笑えるようになっていた。いつもの貼り付けた作り笑いじゃなくて、自然に笑みが溢れ出てた。それはきっと彼のおかげだろう。彼の裏表のない優しさがたまらなく嬉しくて安心して救われて、そのおかげで笑えるようになったんだと思う。

本当に彼に出会えてよかった。彼に近づけてよかった。彼と仲良くなれてよかった。

これからももっと仲良くなりたい。もっと話をしたい。彼の本を語る時のキラキラした少年みたいにはしゃぐ顔を見て、感想を言い合って、時々他愛もない話をして、そんな穏やかな日常を過ごしていきたい。

「ふふっ」

つい想像してにやけてしまった。きっとこれから沢山話していけるだろう。そして色んな話をして、結局最後は彼が本バカを発揮して呆れて笑うところまで想像出来る。それが彼らしくてまた笑ってしまった。

彼のことを考えると安心する。穏やかになる。嬉しくなる。……そしてちょっとだけ落ち着かなくなる。でもそれが嫌じゃない。むしろ心地いい。なんだか彼のことを考えると色んな感情が沸き上がってくるけど、幸せな気分になるのだ。

最近は、今日あったことを寝る前に振り返ることがよくある。彼との会話を思い出して胸がきゅっと締めつけられたり、彼の優しさに触れて嬉しいようなそれでいてちょっとだけ泣きたくなったりする。なんなんだろう、これは。分からない。全然分からない。本当に彼は不思議な人だ。最初からその印象は強いけど今でもその印象が残り続けている。彼の前だと素の自分を出せてしまうし、気付けば笑ってしまう。こんなの彼の前だけだ。

ああ、もう。今日あったことを振り返っていたら、結局、彼のことばっかり考えてた。彼の顔が頭に思い浮かび、たまらなく会いたくなる。早く、明日にならないかな。明日が恋しくなって、ぎゅうっと胸に抱いた枕に力を込めた。

＊＊＊

バイトで柊さんからもらったアドバイスは目から鱗だった。確かに二つあげてはダメということはない。本をあげてその上で、彼女が喜ぶ綺麗な物をあげるというのは非常に良いアイデアだと思う。満足するアドバイスをもらえたことに少し気分が良くなっていると和樹が話しかけてきた。

「随分と機嫌がいいね。確か、昨日はバイトの日だったから……もしかしていいアドバイスでももらえた？」

「女子からしてもアクセサリー類はいいと思うって言われたよ。今週買いに行ってくる」

和樹の誘いで食堂でカレーライスを食べながら、そんな会話をする。

「へー、女子目線でもその意見が出るってことは、湊の贈り物を渡したい相手は相当親しいんだね？　まあ、湊が渡そうと思うくらいなんだから、なんとなくそんな気はしてたけど」

「……別に、普通だ。勝手に勘違いするな」

「はいはい、そういうのはもういいから」

そう言いながらにやにやと楽しそうに笑っている。絶対恋愛の方向で想像しているに違いない。

「ただの友達だよ。ちょっとだけお世話になってるだけだ」

「っ!?　お世話だって!?　それはもしかしてあれかい。一人暮らしで料理を作りに来てもらっているとか!?」

やけに食いついてくる和樹に若干うんざりしながら否定してやる。和樹が言うようなことが現実で起こるはずがない。

「んなわけあるかよ。どこのラブコメだよ。本を貸してもらってるんだっての」

「へー、そんな友達がいたなんてね。それも女子で。一体誰だい？　バイトの人じゃないっていうし、湊の交友関係は狭いから多分学校の人でしょ？　でも、クラスの女子とそこまで親しく話しているのは見たことないし……」

「勝手に推測するのはやめろ。もう二度と話さないぞ」

「ごめんってー。ちょっとからかっただけじゃん。まあ、湊に贈り物をさせようと思わせるほど仲良い人が出来たのはよかった。一つアドバイスすると、アクセサリー類は難しいからね？」

「難しい？」

「やっぱりその人の好みがあるし、変にあげると重いプレゼントと思われるから気をつけて」

「おい、お前、それを先に言えよ」

「湊なら気付いてるかと思ってた」

「そんなの知るかよ。女子に贈り物したことがないから、お前に聞いたのに。アクセサリーってそんな高度なプレゼントだったのか……」

思わず頭を抱えてしまう。

「あはは、まあ、頑張ってね」

「他人事だと思って」

「他人事だし」

そう言って呑気に微笑みながら和樹はご飯を一口頬張った。そんな姿にはぁっと思わずため息が出る。困ったことになった。今更他のものにするつもりはないが、本当に良いものが見つかるか不安だ。彼女が喜んでくれるアクセサリーって一体なんだろうか？　悩んで、ちょうど食堂の奥の方で食べている斎藤をつい見てしまった。

「？」

なぜか彼女もこっちを見ていてぱっちりと目が合う。だがすぐにぱっと目を逸らされてしまった。

一体なんなんだ。普段なら、同じ食堂に居ようとも一切視線を送ってこないのにどうしたんだろうか？　不思議に思い、顔を逸らした斎藤を眺めてしまう。すると、またちらっとだけこっちに視線を送ってきた。

だがまた目が合うと、すぐに気まずそうにして顔を背けられた。本当に訳がわからん。急な態度の変化に戸惑うばかり。その後は、斎藤は隣の友達と話し始めたので、とりあえずは気のせいだろうと頭の隅に追いやった。

『放課後は大丈夫ですか？』

『ああ、特にないからいつも通りでいい』

『分かりました』

放課後、いつものように下駄箱の横で斎藤が来るのを待つ。昼休みにきたメッセージを見て振り返るが、特に違和感はない。いつも通り淡々とした感じで、冷たいようにも見えるがこれが普通だ。食堂で目を逸らされたのは気のせいだろう。そうもう一度思って、斎藤が来るのを待った。

少し待つと斎藤は現れた。相変わらずの綺麗な髪は歩くだけで煌めいて本当に周りの目を奪うほど美しい。それに加えてぱっちりとした二重の瞳に整った鼻筋。ぷるんと赤い果実のような瑞々しい唇。改めて彼女の容姿の美しさに気付く。そんな彼女は、歩きながら俺がいることに気づいたらしく一瞬だけこちらを向いた。だが俺と目が合った途端に視線を下げて横を通り過ぎてゆく。

（え？）

なんとも言えないもやもやが胸に立ち込め始める。そう、学校ではあまり繋がりを知られない方がいいんだから、この反応は正しい。なのにえも言われぬショックが突き刺さる。以前はこんなことはなかった。普通に目が合えば会釈するぐらいのことはあったが、あからさまに避けられることはなかった。なのに、なんで急に？　戸惑い、訳がわからないまま、斎藤の後に続いた。

後をついていく時にも何度か目を逸らされることがあった。普段から時々ちゃんとついてきているか確認するように後ろを向くことがあるのだが、今日は後ろを振り向いてこっちと目が合ったと思えばすぐに前を向いて歩き出す。

なんであんなに目を合わせないのだろう。たまにこっちを向いたかと思えば、すぐに逸らされる。そんな嫌われるようなことをしただろうか？　何度考えても思い当たることはなく、何も答えを出せないまま彼女の家へとたどり着いた。

「はい、こちらが今日の本ですね」

「ああ、ありがとう」

いつものように本の受け渡しをする。だがこの時も顔はこちらを向けず、少し俯くようにして下を向いている。ただ嫌われているにしては、きちんと話をしてくれるし本も貸してくれる。本当に斎藤の考えていることが分からん。

「なあ」

「な、なんですか？」

話しかけると、ビクッと身体を震わせて、上目遣いにこっちを一瞬だけ見る。だがすぐに伏し目になって長い睫毛しか見えなくなってしまった。

「……」

なんでこんな急に変わったんだろう。凄く気になる。だが、聞いていいのだろうか？

触れていいことなのだろうか？

「……いや、なんでもない」

「そうですか」

「ああ、じゃあな。本、ありがとう」

「はい、また明日」

まだ今日だけだ。もしかしたら明日になったら戻っている可能性もある。それに別に当たりが強くなったわけではないのだから、嫌われているということはないだろう。とにかく明日になってみてからだ。そう信じて聞くのをやめた。だがモヤモヤはいつまでも胸の内で燻り続けた。


残念ながら斎藤の様子は元に戻らなかった。斎藤の様子がおかしくなって数日が経ち、誕生日まで残すところあと４日となったのだが、あれから斎藤は目を合わせてくれないままだ。もし本当に嫌われているなら、一度もこっちを見ないだろうに、なぜか気づくとこっちを見ている。それなのに目が合った途端、目をそらされてしまうのだ。

別に話自体は普通にするし、これまで通り本も貸してくれるので、もしかしたらただの俺の気のせいなのかもしれない。でもこんなのは初めてなので戸惑ってしまう。これまではよく目を合わせて話していたので、どうしても引っかかっていた。やはり目をそらされるのは、避けられているのかもしれないといった不安が出てきてモヤモヤが溜まってしまう。そんな日々が続いていた。

今日も斎藤の家で本を借りている時だった。いつものように部屋から取ってきた本を渡してくれた。

「はい、こちらが今日の本です」

「ああ、ありがとう」

「いえ」

手渡してきた本を受け取り、礼を告げる。以前ならこっちを向いてくれたのだが、斎藤は視線を下げたままでこっちを向いてくれない。

あれから数日。明日は戻るかもしれない。明日こそは戻ってくれるかもしれない。そう思い聞かないようにしていたが流石に限界だった。

「なんかさ、最近、お前おかしくないか？」

「……何がですか？　別に普通だと思いますけど」

やはり話しかけてもこちらを見ないで、どこか気まずそうに視線を斜め下に向けている。いつもならこちらにその二重のぱっちりとした瞳を向けてくれたのに、それを向けてくれず半分無視するようなその姿が少しだけ寂しく悲しかった。

「いや、最近目を合わせてもすぐそらすじゃん。俺、なんかした？」

「別にあなたは何もしていないです。ただちょっと……」

「なんだよ……もしかして本を貸すのが嫌になったとか？　だったら本当にすまん」

「ち、違います！」

もしかしたら本の貸し借りが面倒に感じているのかもしれないと思いそう言うと、斎藤は俺の袖をちょこんと摘まんで引っ張り、顔を上げた。こちらを見上げた表情は眉をへにゃりと下げ、嘘を言っているようには見えなかった。でも、やはりそれ以外に彼女が俺を避ける理由に思い当たることはなかった。

「そうなのか？　別に嫌なら嫌と言ってくれてもいいんだぞ？　確かに最近は斎藤に甘えっぱなしだったし」

「いえ、本当に違うんです」

袖を摘まんだまま、ぶんぶんと首を振って否定してくる。さらさらの黒髪がその動きを追うように煌めきながら揺らめくのが目に入る。

そこまで必死に首を振るあたり本当に違うのだろう。どうやら俺の勘違いらしい。

「だったら、どうして？」

「だから……」

言いにくそうに口をもにょもにょと動かしている。何を言うのか黙って見守っていると、斎藤は何やら口をきゅうっと小さく結ぶ。久しぶりに正面から見たその瞳は微妙に揺れ動き、どこか困ったようにも見えた。

「ん？」

何かと思って首を傾げるとまた下を向いてしまい、今度ははぁっと小さく息を吐く音が聞こえてくる。それから斎藤はゆっくりともう一度顔を上げた。

「……ただちょっと自分が分からなくなっていただけです。それで最近、少し調子がおかしくて。だからあなたのことが嫌いになったとか、避けてるとかではないので気にしないで下さい」

「……そっか、まあ、お前も苦労してるんだな」

斎藤の説明はよく分からなかったが、自分で自分が分からなくなる気持ちは理解できた。ごちゃごちゃして頭の中が整理出来ていない時とかは、自分も同じようなことを感じることがある。

「苦労……というわけではありませんけど。時々目を逸らしてしまうかもしれませんが、あまり気にしないで下さい」

「まあ、嫌われていないならよかったよ」

「それはないので安心して下さい。むしろ、あなたのことはいい友人だと思っているので」

「信頼してくれてどうも。まあ、そこまで言うなら気にしないでおくよ」

「はい、そうしていただけると嬉しいです」

互いに見合い、少しだけ優しげに細められた瞳がこっちを見つめてくる。さっきまでのモヤモヤした不安はいつの間にか薄れ、いつもの穏やかな雰囲気が漂っていた。

「ん、じゃあ、ほんと本、ありがとな」

「いえ」

とりあえず嫌われていないことはわかったことだし、帰ろうと背を向ける。だが、その瞬間に彼女の顔が脳裏に浮かび、言い残したような気がしてもう一度振り向いた。

「あ、それと今日久しぶりに斎藤の顔をちゃんと見れてよかった。ちょっとだけ安心した」

きっとモヤモヤが無くなった一番の理由は彼女の顔を見れたからだろう。向き合い話し合っている、そのことがとても嬉しかった。それを伝えたくて言い残すように告げると、斎藤はくりくりとした瞳を丸くして一瞬だけ固まった。そのまま瞳を左右に慌ただしく揺らして声を上擦らせる。

「は、はい」

「ははっ、なんで、噛んでんだよ。じゃあな」

いつも冷静な斎藤が緊張したように噛む姿が面白くて笑みが溢れ出る。焦った斎藤なんて新鮮だ。既にもうモヤモヤしたものが無く、すっきりと爽やかな気分で前を向いた。少しだけ驚いたように固まる斎藤の意外な姿を見れたことに気分が良くなりながら、久しぶりに清々しい気分で家へと歩いて帰った。

斎藤の誕生日が迫った土曜日、俺はショッピングモールへとやって来た。普段なら食料品と本屋、あとはせいぜい服屋ぐらいだが、今日は女物のアクセサリーを探さなければならないので、今まで行ったことのないお店に行かなければならない。そのせいか微妙に緊張して、心が落ち着かなかった。

とりあえずは、本屋で本を買ってからにしようと本屋に向かう。斎藤が望んでいた本はまだ棚の新刊のコーナーに置いてあったのですぐに見つかった。その本を手に取った時、ふと先週、ここで斎藤と出会った時のことが頭に思い浮かんだ。

（確か、文庫本が刊行されたって言ってたよな）

斎藤がこの本屋で俺に貸しているシリーズの第一巻の文庫本を買ったと言っていた。せっかくここまで来たのだし、見てみよう。店内を回り、文庫本のコーナーへと向かう。斎藤に見せてもらった時の背表紙でどの出版社かは分かっているので、すぐに目的の本は見つかった。

（お、あった。あった）

何度読み返しても面白い本なので、ついでにその本も買って店を出た。とうとう本を買い終わってしまった。次はアクセサリーなのだが、それはつまり女子向けの店に行かなければならないということだ。最初はネットで買ってもいいかもしれないと思ったが、きちんと見て自分が納得（なっとく）できるものを渡したかった。とりあえず、一番近いアクセサリーショップへと向かった。

(……気まずい)

なんで女子向けのお店は、こう男子が入ってはいけない雰囲気があるのか。いや、もちろん、お店側がわざわざそんな雰囲気を出しているわけではないのだが、勝手に逃げ出したくなってしまう。妙に居心地が悪いし、俺のことなんて見ていないと分かっていても、周りからの視線がこっちを向いている気がしてならない。とりあえずは、目の前のことに集中しよう。そう思い、ふぅと息を吐き出す。

女子がよくつけるアクセサリーといえば、イヤリングやピアス、ネックレス、ブレスレット。あとは髪飾りあたりだろう。実際、このお店もそういったものが多く並んでいる。和樹や柊さんはおそらくこういったものを想定してアクセサリー類がいいんじゃないか、と言ったのだろうが本当に良いのだろうか?

こういったものは個人の好みが合わないとあまり喜ばれないものだろう。和樹は観察力があるしそういうのに詳しいので、渡しても喜ばれているに違いない。だが俺にそんな知識はない。斎藤がどんなのを好むのか、私服姿なんて一度しか見ていないのだから分からない。

それに、本当に親しい間柄ならこういったアクセサリーを渡してもいいのだろうが、俺と斎藤がそこまで仲が良いかというと微妙だ。もちろん、それなりに信頼してくれていると思うし彼女もそう言っている。でも、だからこそこういったものを渡すのは、その相手を異性として意識していると伝えることになってしまうのではないだろうか？　考えれば考えるほどに不安が沸き上がってくる。

　柊さんが教えてくれた二種類渡すというアイディアはいいと思う。斎藤も女の子だし綺麗なものや可愛らしいものを何か一つ加えて喜ばせたいとも思う。だがこういったアクセサリー類じゃないものでそんなものがあるのだろうか？　先行きが不安になってくる。とりあえずこのお店には無さそうなので、次のお店へと向かう。

「いらっしゃいませ」

　次に狙いをつけていたお店に入ると、店員さんが挨拶してきた。別に悪いことをしているつもりはないのだが、一気に居心地が悪くなる。そわそわする気持ちに急かされるように、アクセサリーが置いてある棚へと足早に向かった。

　ここはさっきのところと違ってガラス細工を売りにしているお店で、きらきらと透き通るような煌めきが視界に映る。色が煌びやかに輝き、どれも綺麗で美しい。ただ、ここもさっきのところと同じように基本的にはイヤリングやネックレス、髪飾りが並んでいるだけで、残念ながらあまり目新しいものはなかった。やはりそう簡単にピンと来るものは見つからないのだろう。仕方ない。無難に髪飾りあたりにするか。そう思った時だった。一つのものに目を惹かれた。

(なんだ、あれ?)

遠目に見えるのは銀色の板。大きさは手のひらよりやや小さいくらいの縦長のもの。所々に光り輝く色がちりばめられている。一歩、また一歩と近づき、目の前でそれに触れた。ひんやりと指先に伝わってくる金属の温度。少しだけのる重さ。だがそれ以上にその綺麗さに目を惹かれる。色とりどりのガラスがちりばめられ、賑やかな煌めきが思わず見惚れてしまうほど美しい。手に持つ角度を変えるごとに光を反射し、色合いが移ろいゆく。それがまたまるで桜色のオーロラのような不安定な美しさで息を呑んだ。

「そちらの商品に興味がおありですか?」

不意に後ろから店員さんに声をかけられて我に返る。どうやら相当な時間、これに見惚れていたらしい。あまりにも綺麗で、気付けば手に取っていた。

「あ、はい。今、友人の贈り物を探していて」

「そうなんですか。こちらはしおりになっておりますので、本を読む方には喜んでいただけるかと」

「しおり……ですか」

　そう言われてみれば、確かにしおりだ。大きさといい形といい、しおりにしか見えない。だが普段は書店でもらう紙のしおりしか使わないので、全然気付かなかった。だが、しおりなら尚更（なおさら）いい。彼女がしおりを使っているところをあまり見たことがなかったので、これなら使ってもらえるだろう。それに男の俺でさえ綺麗だと思うほどのものだ。少なくとも彼女も綺麗だとは思ってくれるはず。

「はい、最近、発売したものなんです」

「すごいですね。凄く綺麗です。一つもらえますか？」

「はい、かしこまりました。ご友人にプレゼントをするとおっしゃいましたが、包装はいかがなさいますか？」

「ぜひ、お願いします」

「はい、かしこまりました。では、こちらへ」

そう店員さんに言われて、レジへと案内される。レジで店員さんが丁寧に包装してくれるのを眺めながら、渡す時のことを考える。よかった。いいのが見つかって。これなら少なくとも嫌がられることはないだろう。……喜んでもらえるだろうか？　嬉しく思ってくれるだろうか？　少し不安だが彼女の反応を考えると渡すのが楽しみになる。笑ってくれたらいいいな。

華の舞うような笑みで微笑む斎藤の姿が、ふと頭に浮かんだ。

和樹とバイト先の彼女のアドバイスもあって、無事斎藤への贈り物を選択できた俺は、誕生日当日、微妙に緊張しながら斎藤が出て来るのを彼女の家の扉の前で待っていた。今は本を取りに行ってくれているのだが、この後、本を受け取った後にどう切り出したらいいのか、未だに悩んでいた。少し経つと彼女はいつものように本を抱えて出て来る。

「お待たせしました。今日の本です」

「あ、ああ。ありがとう」

自分の誕生日だというのに彼女はいつも通りで何も変わらない。特に誕生日を意識している様子はなく、自然体のままだ。そこまで平然とされると本当にどう渡していいのか分からなくなる。そもそも今日が斎藤の誕生日で合っているのかも不安になってきた。

だが既にプレゼントは用意したのだし、こういうものは勢いで、ぐだぐだ考えていても仕方ない。ぐっと握り拳を作り覚悟を決めて、彼女に話を切り出した。

「確か。今日誕生日だろ？」

「はい、そうですけど」

もうここまで言ったのだから後戻りは出来ない。もうどうにでもなれ、と半ばやけくそな気持ちでリュックから紙袋を取り出して見せた。すると彼女の透き通るような綺麗な二重の黒い瞳が少しだけ丸くなり、手に持つ紙袋を見た。

「ほら、お前の誕プレ」

やはりプレゼントを渡すというのは緊張するし、意識していないとはいえ異性に渡すのは少し恥ずかしい。突き放すようなぶっきらぼうな言い方になってしまったが、紙袋を彼女の手のひらの上に置いた。

「えっと……ありがとうございます。もしかして生徒手帳で知りましたか？」

「ああ、たまたま覚えていてな」

突然渡されたら驚くかと思ったが、色々察したらしくあまり驚いた感じはない。それどころかどこかそわそわとしている。ちらちらと目の前に置かれた紙袋に目がいっていて、興味を示してくれているみたいだ。

「……開けてみても？」

「ああ、いいぞ」

頷くと、彼女はおずおずと紙袋を開けて中を覗き込んだ。別に嫌がられるようなものは入れていないが、それでも気に入ってもらえるかは分からないので、居心地が悪く心が落ち着かない。

まず入れたのは彼女の望み通りの本。内容についてはあらすじを読んだ感じだと面白そうだったので、ぜひ読み終わったら貸していただきたい。

「前に聞いたときに言ってたやつだ」

「そう……みたいですね。読むのが楽しみです」

取り出した本を見てほんのりと微笑んでくれたので自然と自分も口元が緩む。反応としては良さそうだ。特に嫌な表情を見せず、嬉しそうな様子にほっと緊張していた胸を撫で下ろす。

本の他に土曜日に選んできたしおりも紙袋に入れてある。ただかなり小さいし本の下に入れておいたので気付かないと思っていたのだが、彼女はガサガサと袋の中を探し始めて見つけ出した。底に入れておいた小さな小袋を丁寧にゆっくりと取り出す。

一応贈り物用として包装してもらったので、その袋はピンクを基調とした白のラインが入った袋にリボンが付けられている。斎藤がそれを丁寧に開け始めたので心が落ち着かなくなり、つい逃げ出したい気持ちに駆られる。もういいや、今日はさっさと帰ろう、そう思ったときに彼女は中身を取り出していた。

「しおり……ですか？」

二重の綺麗な目をぱちくりとさせて、手に持ったしおりを見つめている。彼女が手に持つしおりは金属製のもので、彩り豊かなガラスがちりばめられキラキラと煌めいている。

「ああ、そうだ。あんまりしおり使っているところ見たことがなかったから……」

ついいたたまれなくて、ぼそっと誰にいうでもなく理由を呟く。こういうのは初めてなのでなんて言ったらいいのか思いつかなかった。ただこの居心地の悪さを誤魔化すようについぶっきらぼうな言い方になってしまった。喜んでもらえるだろうか。気に入ってもらえるだろうか。笑ってくれるだろうか。選んだ贈り物に自信がなく、不安で彼女の様子を窺う。

するると目をぱちくりとさせて固まっていた彼女は、ゆっくりと口元を緩め、子供を見守るような優しげな表情になる。そのままほんわりと柔らかくて包み込むような優しい笑みを浮かべた。

「……凄い綺麗です。大事にします」

しみじみとした思いやるような声でそう言って、手に持っていたしおりを俺から隠すように両手で握りしめた。それは大切なものを取られまいとするような仕草に見えた。そのまま目を伏せて、手元にある煌めくしおりを見つめている。大事そうに眺める彼女の瞳にガラスで色付いた光が映り込む。それは彼女を神秘的にさせ、図らずも息を呑んだ。

普段の冷たい無表情はそこにはなく、これまで見たほんのりとした微笑みよりもさらに柔らかい穏やかな笑顔があった。きらりと煌めくしおりを眺める彼女の横顔は大人っぽく綺麗で、でもそれ以上に彼女の緩んだ愛おしむような表情があどけなくて可愛らしかった。

（くそっ）

かあっとほんの少しだけ頰に熱が篭もり始める。こんな表情は反則だ。こんなの見せられたらさすがに意識せずにはいられない。自分の前で見せてくれた、その特別感に否応なく胸が高鳴る。目をへにゃりとさせ、慈しむような優しい笑顔は誰をもときめかせるほど魅力的で、不覚にも見惚れてしまった。

顔が熱くなっているのが自分でも分かる。確かめるように指先で頰に触れてみれば、明らかにいつもより熱い。これ以上はもう見ていられず、ついっと目を逸らした。

貰ったしおりに気がいっているおかげで、彼女が俺の変化に気付いた様子がないことは救いだった。

彼女はしおりを光に透かしてその光の変化を楽しんでいるらしく、口元が少し緩んでいる。嬉しそうに目を細めて眺めている姿がまた可愛らしくて、さらに顔に熱がこもる。

「……貰ってくれて安心した。断られるかもしれないって思ってたから」

自分の気持ちを落ち着かせる意味も込めてなんとかその言葉だけを吐き出す。普段の学校での彼女の態度を考えたら、本はともかくこういった形に残る物は断られるかもしれないと思っていた。結果としてはこんなに喜んでくれたので大成功と言えるだろう。

「そんなことはしませんよ。……知らない人のは怖いので遠慮させて貰っていますが、あなたは……少しだけ特別な友人なので」

「なっ」

彼女はほんのりと頬を色付かせ、目を伏せるようにしてぽつりと呟く。恥ずかしいことを言っている自覚はあったのか、そのままぷいっとそっぽを向いて俺から顔を背けてしまった。

彼女の言葉が異性として言われているわけではないことは頭では分かっていても、『特別』という言葉に勝手に胸が高鳴っていく。

「……それはどうも」

動揺し、頭が真っ白になる中でそれしか言うことが出来なかった。

斎藤side

「じゃ、じゃあな。誕プレは渡したし、もう帰るわ」

「あ、はい。本当にありがとうございました」

「いいって。また明日な」

「はい、また明日」

彼は早口で捲し立てて、スタスタと去っていってしまった。あんなに慌ただしく帰るなんてよほど誕プレを渡すのが恥ずかしかったみたい。でも、それでも渡してくれたことが嬉しくて、その喜びを噛み締めながら、去る彼の後ろ姿を見守った。

完全に彼の気配がなくなったことを確認して、もらったしおりと本を持ち、家へと入る。そのままリビングを抜けて自分の部屋へと向かい、ベッドに飛び込んだ。

（誕生日プレゼント、貰っちゃった……）

ふわふわとしていてさっき起きたことなのに現実感がない。なんだか夢みたいで、今一度胸に抱いていた本としおりを見つめる。うん、確かにある。確かに彼から貰ったんだ。ふふふ、にやにやが止まらない。嬉しい。嬉しい。嬉しい。何度も貰った本としおりを眺めてはにやにやしてしまう。

本も嬉しいけれど、一番嬉しいのはこのしおり。本当に綺麗。こんなしおりは初めて見た。普通に眺めても綺麗なのに、光にかざして動かせばその度に色が煌めき移ろい、別の色へと変化する。それは桜色のオーロラみたいでずっと眺めていられるほど飽きない。見惚れるほどの綺麗さに、はぁ、と思わず感嘆の吐息が漏れ出た。

このしおりを探すのにどれだけ苦労したのだろう。しおりをプレゼントするなんて、そう簡単に思いつくものではないし、きっと色々考えてくれたに違いない。しかも普通の金属製のしおりはよくあるが、ここまで綺麗なのを見つけるのは相当大変だったはず。きっと私の他にも色んな人に相談して、一生懸命探してくれたのだろう。

その想いにたまらなく嬉しくなる。それだけ私のことを考えてくれたんだと分かって、心の内になんともいえないもどかしい気持ちが広がりむずむずする。それが胸の内いっぱいに広がり耐えきれなくなって、ついぎゅっと本を抱きしめた。

なんで彼から貰ったプレゼントがこんなに嬉しいんだろう。他の人からも色々貰うことはあったのに。本当に彼は特別な人だ。

別にプレゼントに限った話ではない。彼と他の人では全然違う。彼が関わるとその途端、嬉しくなる。心が勝手に騒ぎ出す。ドキドキする。きゅっと胸が締め付けられる。彼を思い出すだけでそわそわして心が落ち着かなくなるし、彼と話すだけで安心して幸せでつい笑みが溢れ出てしまう。

特に最近は、なぜか彼のことを無意識に目で追ってしまっている。それなのに目が合うと途端に緊張して顔が見られなくなってしまうし、自分で自分が分からなかった。そのせいで彼に嫌っていると勘違いされそうになったけど、その誤解が解けて本当に良かった。

いつからだろう。こんな気持ちになったのは。気付けば、彼が特別な人になっていた。ただの友人じゃない。ただ趣味を共有する本友達でもない。ただバイトを一緒にする人でもない。唯一無二のかけがえのない私にとって大事な人になっていた。

最初はただの変な人としか思っていなかった。当たり前だ。最初にあんな対応をされたのはこれまでなかったのだから。愛想は悪いし、私と話すのを避けるような人は初めてで戸惑ったのを覚えている。生徒手帳を拾った繋がりがあるのに、その後、何も関わろうとしてこないし、むしろ関わったことなどなかったかのように一切近づこうとしてこなかった。

そんな人はこれまでいなかった。でも、そのおかげで警戒心が薄くなって彼と本友達の関係になることが出来た。裏表が一切なく、ただ純粋に私が貸した本を楽しんでいる彼は一緒に話していて心地が良く、いつしか私の中で彼は不思議な人に変わっていた。

今でも不思議な人だと思う。彼のことがよく分からないことも沢山ある。でも、私は知っている。彼は普段は他人に興味が無いような感じがするのに、時々人の心を見透かしたような言葉を放つ人だということを。だけど絶対不快な部分までは踏み込んでこない。その上で欲しい言葉をくれる。それに気付いた時、彼の印象がいい人に変わっていた。

一度いい人という印象に変わってしまえば、彼の良さに次々と気付き始める。届かない本を取ってくれた時もあった。危ない時に身体を引っ張って助けてくれたこともあった。熱が出た時に保健室まで運んでくれたこともあった。私が落ち込んでいれば気遣い、優しくしてくれた。困った時はいつも側に彼がいた。

どれもこれも全部、全部、全部、彼からもらったものだ。いつも彼に救われている。優しくされている。守ってもらっている。それを自覚するたび心がきゅっと締め付けられる。痛くなる。

彼はいい人だ。優しい人だ。誠実な人だ。それはもう十分に知っている。私の大切な友人だということも分かっている。でも、友人という言葉が引っかかる。彼に以前「友人として」と言われたことがあったけれど、なぜか凄くもやもやした。本当に彼は私の友人で合っているのかな?

一緒にいたら落ち着くし、話したら幸せでドキドキする。目が合ったら嬉しくなって緊張する。彼のことを考えたらなんだか顔が熱くなる。これが友達に抱く感情? 特別な友人だとしても普通、こんなことにはならないと思う。

私は知っている、この感情を。初めてのこの感情を。友達だなんて思い込もうとしたところで、心ではもう分かってる。でも、一度でも自覚したらきっともう止められなくなってしまう。それが不安で怖くて認めたくなかった。だから、いつまでも彼のことを友達だと思って、そうやって接してきた。でも、もう限界。

今一度、手に持つしおりに目を落とす。彼が一生懸命、私のことを考えて選んでくれたプレゼント。こんなプレゼントはずるい。卑怯だ。こんなの渡されたら認めるしかないじゃないか。気付かないようにしていた蓋が開いてしまった。もう無理。我慢できない。抑えきれない。もう認めよう。もう認めるしかない。

覚悟を決め、息を吸い、ゆっくりと目を閉じる。すると脳裏にはいつかの時に笑った彼の顔が浮かんだ。きゅぅぅっと胸が締め付けられる。締め付けられ、とうとう溢れた想いを零すように、手に持っていたしおりをゆっくりと口元に近づけ、そっと唇に触れさせた。

――田中くんのことが好き。

あとがき

皆さま初めまして、午前の緑茶です。この度は本作を手に取っていただきありがとうございます。

作者の名前を見ておや？　と思ったそこのあなた、その通りです。私の名前はとある商品をもじったものとなっています。

といいますのも、この作品はもともとｗｅｂで書いていたものを書籍化したものであり、自分のペンネームがこんなに多くの方に触れるものだとは思っていませんでした。ですので、たまたま印象深かったものをもじって、深く考えることなく決めてしまいました。

私の父は特にストレートティが大好きで、毎日のように飲んでいました。そのせいか父の車に乗ると、紅茶の匂いがするという謎の現象が発生していまして、幼い日の記憶として強く残っています。未だに父以外の紅茶の匂いがする車には乗ったことがないので、父はどれほど沢山飲んでいたんでしょうか？　貴重な経験だったということにしておきます。

とにかくそんな印象深い飲み物のおかげで、私のペンネームは決まりました。

先日、その話をしたときは、家族皆に笑われました。ついでに友人にも笑われました。確かにこんな変な名前のペンネームは見たことがないので、笑われるのも頷けます。私としては持ちネタが一つ増えたので、意外とこの名前に満足していますが。

さて、そんな行き当たりばったりで決めたペンネームをつけたわけですが、この作品も実はかなり突発的に書き始めました。なにせ、書き始めたのは深夜の夜行バスの中です。

そんなこの作品は、二人の男女が出会いだんだん惹かれていく王道物語となっています。そこに自分が書きたいと思っていた勘違い要素、そして、本を読むのが好きな皆さまに共感してほしい本好きあるあるが加わっています。

どれも自分が好きな要素で、それらをこの作品に詰め込みました。そうして自分が読みたい話を書いていた結果、多くの方に読んでもらえることになり、編集者様に声をかけていただき、今回本として出版させていただくことになりました。

幸運に幸運が重なった結果です。一生分の運を使い尽くしたんじゃないかと、いつか交通事故に遭うんじゃないかと、戦々恐々しています。事故に遭った時はぜひ異世界転生をお願いします！

最後に、謝辞を。

この作品に目をとめて声をかけてくださった担当編集の小林様。声をかけてくださったときのあの感想はいつまでも忘れられません。実はあの感想はこっそりスマホに保存してあります。あれだけ熱く語ってくださり、ぜひこの人と一緒に仕事をしたいと思いました。色々慣れない部分でご迷惑をおかけしましたが、最後までありがとうございます。

イラストを担当して下さった葛坊煽様。感想を伝える機会がなかなかなくて伝えられませんでしたが、毎日いただいたイラストを見てにやにやしていました。あまり固まっていなかったイメージから、まさに想像していたイラストが出てきたときは、神様ですか⁉と何度もイラストを拝みました。特に照れてるイラストは、照れ顔フェチの私と担当編集の小林様二人で「照れ顔最高！」と頷き合いました。素敵なイラストをありがとうございます！

そしてｗｅｂからずっと応援して下さった方々、そしてこの作品を手に取ってくださった方々に最大の感謝をお送りします。

午前の緑茶

「本当に本が好きなんですね」

（本ばっかり考えてないで少しは私のこと考えてよ……ばか）

「まあな、本が恋人っていうやつだ」

いつものように図書室で本の貸し借りをする湊と玲奈。プレゼントを渡してからも、表面上はいつもと変わらないやり取りをしていた。

そんなある日、玲奈に対する陰口を耳にした湊。

彼女の笑顔を取り戻すため、どうにかしようと奔走するが——

「——俺は彼女が好きなんだ」

凝り固まった玲奈の心を湊は解すことができるのか!?

一方バイト先では、玲奈の変装のことを知る新しい後輩が入ってきて……!?

冬休みにクリスマス、初詣……
イチャイチャ大増量!!

書き下し100P越えの
シリーズ第二巻!!

2021年秋発売予定!

俺は知らないうちに
学校一の美少女を
口説いていたらしい

～バイト先の相談相手に俺の想い人の
話をすると彼女はなぜか照れ始める～

俺は知らないうちに学校一の美少女を口説いていたらしい 1

～バイト先の相談相手に俺の想い人の話をすると彼女はなぜか照れ始める～

2021年7月1日　初版発行

著者──午前の緑茶

発行者─松下大介
発行所─株式会社ホビージャパン

〒151-0053
東京都渋谷区代々木2-15-8
電話　03(5304)7604（編集）
　　　03(5304)9112（営業）

印刷所──大日本印刷株式会社

装丁──AFTERGLOW／株式会社エストール

Printed in Japan

ISBN978-4-7986-2532-4　C0193

ファンレター、作品のご感想お待ちしております

〒151－0053　東京都渋谷区代々木2－15－8
(株)ホビージャパン HJ文庫編集部 気付
午前の緑茶 先生／葛坊煽 先生